一个人的村庄

刘亮程 著

译林出版社

图书在版编目（CIP）数据

一个人的村庄／刘亮程著．—南京：译林出版社，2024.1
ISBN 978-7-5447-9892-1

Ⅰ.①一…　Ⅱ.①刘…　Ⅲ.①散文集－中国－当代　Ⅳ.①I267

中国国家版本馆 CIP 数据核字（2023）第 174038 号

一个人的村庄　刘亮程／著

责任编辑　侯擎昊
装帧设计　吴　悠
封面绘画　郑辰蕊
校　　对　孙玉兰　蒋　燕
责任印制　闻媛媛

出版发行　译林出版社
地　　址　南京市湖南路 1 号 A 楼
邮　　箱　yilin@yilin.com
网　　址　www.yilin.com
市场热线　025-86633278
排　　版　南京展望文化发展有限公司
印　　刷　江苏凤凰通达印刷有限公司
开　　本　850毫米 ×1168毫米　1/32
印　　张　8.25
插　　页　2
版　　次　2024 年 1 月第 1 版
印　　次　2024 年 1 月第 1 次印刷
书　　号　ISBN 978-7-5447-9892-1
定　　价　35.00 元

目 录

寒风吹彻

雪落在那些年雪落过的地方，我已经不注意它们了。比落雪更重要的事情开始降临到生活中。三十岁的我，似乎对这个冬天的来临漠不关心，却又一直在倾听落雪的声音，期待着又一场雪悄无声息地覆盖村庄田野。

我静坐在屋子里，火炉上烤着几片馍馍，一小碟咸菜放在炉旁的木凳上，屋里光线暗淡。许久以后我还记起我在这样的一个雪天，围抱火炉，吃咸菜啃馍馍想着一些人和事情，想得深远而入神。柴火在炉中啪啪地燃烧着，炉火通红，我的手和脸都烤得发烫了，脊背却依旧凉飕飕的。寒风正从我看不见的一道门缝吹进来。冬天又一次来到村里，来到我的家。我把怕冻的东西一一搬进屋子，糊好窗户，挂上去年冬天的棉门帘，寒风还是进来了。它比我更熟悉墙上的每一道细微裂缝。

就在前一天，我似乎已经预感到大雪来临。我劈好足够烧半个月的柴火，整齐地码在窗台下。把院子扫得干干净净，无意中像在迎接一位久违的贵宾——把生活中的一些事情扫到一边，腾出干净的一片地方来让雪落下。下午我还走出村子，到田野里转了一圈。我没顾上割回来的一地葵花秆，将在大雪中站一个冬天。每年下雪之前，都会发现有一两件顾不上干完的事，它们将被搁一个冬天。冬天，有多少人放下一年的事情，像我一样用自己那只冰手，从头到尾地抚摸自己的一生。

屋子里更暗了，我看不见雪。但我知道雪在落，漫天地落。落在房顶和柴垛上，落在扫干净的院子里，落在远远近近的路上。我要等雪落定了再出去。我再不像以往，每逢第一场雪，都会怀着莫名的兴奋，站在屋檐下观看好一阵，或光着头钻进大雪中，好像有意要让雪知道世上有我这样一个人，却不知道寒冷早已盯住了自己活蹦乱跳的年轻生命。

经过许多个冬天之后，我才渐渐明白自己再躲不过雪，无论我蜷缩在屋子里，还是远在冬天的另一个地方，纷纷扬扬的雪，都会落在我正经历的一段岁月里。当一个人的岁月像荒野一样敞开时，他便再无法照管好自己。

就像现在，我紧围着火炉，努力想烤热自己。我的一根骨头，却露在屋外的寒风中，隐隐作痛。那是我多年前冻坏的一根骨头，我再不能像捡一根牛骨头一样，把它捡回到火炉旁烤热。它永远地冻坏在那段天亮前的雪路上了。

那个冬天我十四岁，赶着牛车去沙漠里拉柴火。那时一村人都靠长在沙漠里的梭梭柴取暖过冬。因为不断砍挖，有柴火的地方越来越远，往往要用一天半夜时间才能拉回一车柴火。每次去拉柴火，都是母亲半夜起来做好饭，装好水和馍馍，然后叫醒我。有时父亲也会起来帮我套好车。我对寒冷的认识是从那些夜晚开始的。

牛车一走出村子，寒冷便从四面八方拥围而来，把我从家里带出的那点温暖搜刮得一干二净，浑身上下只剩下寒冷。

那个夜晚并不比其他夜晚更冷。

只是我一个人赶着牛车进沙漠。以往牛车一出村，就会听到远远近近的雪路上其他牛车的走动声，赶车人隐约的吆喝声。只要紧赶一阵路，便会追上一辆或好几辆去拉柴的牛车，一长串，缓行在铅灰色的冬夜里。那种夜晚天再冷也不觉得。因为寒风在吹好几个人，同村的、邻村的、认识和不认识的好几驾牛车在这条夜路上抵挡着寒冷。

而这次，一夜的寒风吹着我一个人。似乎寒冷把其他一切都收拾掉了。现在全部地对付我。

我裹紧羊皮大衣，一动不动趴在牛车里，不敢大声吆喝牛，免得让更多的寒冷发现我。从那个夜晚我懂得了隐藏温暖——在凛冽的寒风中，身体中那点温暖正一步步退守到一个隐秘得连我自己都难以找到的深远处——我把这点隐深的温暖节俭地用于此后多年的爱情和生活。我的亲人们说我是个很冷的人，不是的，我把仅有的温暖全给了你们。

许多年后有一股寒风，从我自以为火热温暖的从未被寒冷浸入的内心深处阵阵袭来时，我才发现穿再厚的棉衣也没用了。生命本身有一个冬天，它已经来临。

天亮后，牛车终于到达有柴火的地方。我的一条腿却被冻僵了，失去了感觉。我试探着用另一条腿跳下车，拄着一根柴火棒活动了一阵，又点了一堆火烤了一会儿，勉强可以行走了，腿上的一块骨头却生疼起来，是我从未体验过的一种疼，像一根根针刺在骨头上又狠命往骨髓里钻——这种疼感一直延续到以后所有的冬天以及夏季里阴冷的日子。

太阳落地时，我装着半车柴火回到家里，父亲一见就问我：怎么拉了这点柴，不够两天烧的。我没吭声。也没向家里说腿冻坏的事。

我想很快会暖和过来。

那个冬天要是稍短些，家里的火炉要是稍旺些，我要是稍把这条腿当回事，或许我能暖和过来。可是现在不行了。隔着多少个季节，今夜的我，围抱火炉，再也暖不热那个遥远冬天的我，那个在上学路上不慎掉进冰窟窿，浑身是冰往回跑的我，那个跺着冻僵的双脚，捂着耳朵在一扇门外焦急等待的我……我再不能把他们唤回到这个温暖的火炉旁。我准备了许多柴火，是准备给这个冬天的。我才三十岁，肯定能走过冬天。

但在我周围，肯定有个别人不能像我一样度过冬天。他们被留住了。冬天总是一年一年地弄冷一个人，先是一条腿、一块骨头、一副表情、一种心境……而后整个人生。

我曾在一个寒冷的早晨，把一个浑身结满冰霜的路人让进屋子，给他倒了一杯热茶。那是个上了年纪的人，身上带着许多个冬天的寒冷，当他坐在我的火炉旁时，炉火须臾间变得苍白。我没有问他的名字，在火炉的另一边，我感觉到迎面逼来的一个老人的透骨寒气。

他一句话不说。我想他的话肯定全冻硬了，得过一阵才能化开。

大约坐了半个时辰，他站起来，朝我点了一下头，开门走了。我以为他暖和过来了。

第二天下午，听人说村西边冻死了一个人。我跑过去，看见这个上了年纪的人躺在路边，半边脸埋在雪中。

我第一次看到一个人被冻死。

我不敢相信他已经死了。他的生命中肯定还深藏着一点温暖，只是我们看不见。一个人最后的微弱挣扎我们看不见，呼唤和呻吟我们听不见。

我们认为他死了。彻底地冻僵了。

他的身上怎么能留住一点点温暖呢。靠什么去留住。他的烂了几个洞、棉花露在外面的旧棉衣？底快磨通、一边帮已经脱落的那双鞋？还有，他多少个冬天积累起来的彻骨寒冷。

落在一个人一生中的雪，我们不能全部看见。每个人都在自己的生命中，孤独地过冬。我们帮不了谁。我的一小炉火，对这个贫寒一生的人来说，显然微不足道。他的寒冷太巨大。

我有一个姑妈，住在河那边的村庄里，许多年前的那些个冬天，我们兄弟几个常走过封冻的玛河去看望她。每次临别前，姑妈总要说一句：天热了让你妈过来喧喧。

姑妈年老多病，她总担心自己过不了冬天。天一冷她便足不出户，偎在一间矮土屋里，抱着火炉，等待春天来临。

一个人老的时候，是那么渴望春天来临。尽管春天来了她没有一片要抽芽的叶子，没有半瓣要开放的花朵。春天只是来到大地上，来到别人的生命中。但她还是渴望春天，她害怕寒冷。

我一直没有忘记姑妈的这句话，也不止一次地把它转告给母亲。母亲只是望望我，又忙着做她的活。母亲不是一个人在过冬，她有五六个没长大的孩子，她要拉扯着他们度过冬天，不让一个孩子受冷。她和姑妈一样期盼着春天。

……天热了，母亲会带着我们，蹚过河，到对岸的村子里看望姑妈。姑妈也会走出蜗居一冬的土屋，在院子里晒着暖暖的太阳和我们说说笑笑……多少年过去了，我们一直没有等到这个春天。好像姑妈那句话中的“天”一直没有热。

姑妈死在几年后的一个冬天。我回家过年，记得是大年初四，我陪着母亲沿一条即将解冻的马路往回走。母亲在那段路上告诉我姑妈去世的事。她说：“你姑妈死掉了。”

母亲说得那么平淡，像在说一件跟死亡无关的事情。

“怎么死的？”我似乎问得更平淡。

母亲没有直接回答我。她只是说：“你大哥和你弟弟过去帮助料理了后事。”

此后的好一阵，我们再没说话，只顾静静地走路。快到家门口时，母亲说了句：“天热了。”

我抬头看了看母亲，她的身上散着热气，或许是走路的缘故，不过天气真的转热了。对母亲来说，这个冬天已经过去了。

“天热了让你妈过来喧喧。”我又想起姑妈的这句话。这个春天再不属于姑妈了。她熬过了许多个冬天还是被这个冬天留住了。我想起奶奶也是死在多年前的冬天。母亲还活着。我们在世上的亲人会越来越少。我告诉自己，不管天冷天热，我都常过来和母亲坐坐。

母亲拉扯大她的七个儿女。她老了。我们长高长大的七个儿女，或许能为母亲挡住一丝的寒冷。每当儿女们回到家里，母亲都会特别高兴，家里也顿添热闹的气氛。

但母亲斑白的双鬓分明让我感到她一个人的冬天已经来临，那些雪开始不退、冰霜开始不融化——无论春天来了，还是儿女们的孝心和温暖备至。

随着三十年的人生距离，我感受着母亲独自在冬天的透心寒冷。我无能为力。

雪越下越大。天彻底黑透了。

我围抱着火炉，烤热漫长一生的一个时刻。我知道这一时刻之外，我其余的岁月，我的亲人们的岁月，远在屋外的大雪中，被寒风吹彻。

今生今世的证据

我走的时候，我还不懂得怜惜曾经拥有的事物，我们随便把一堵院墙推倒，砍掉那些树，拆毁圈棚和炉灶，我们想它没用处了。我们搬去的地方会有许多新东西。一切都会再有的，随着日子一天天好转。

我走的时候还不知道向那些熟悉的东西去告别，不知道回过头说一句：草，你要一年年地长下去啊。土墙，你站稳了，千万不能倒啊。房子，你能撑到哪一年就强撑到哪一年，万一你塌了，可千万把破墙圈留下，把朝南的门洞和窗口留下，把墙角的烟道和锅头留下，把破瓦片留下，最好留下一小块泥皮，即使墙皮全脱落光，也在不经意的、风雨冲刷不到的那个墙角上，留下巴掌大的一小块吧，留下泥皮上的烟垢和灰，留下划痕、朽在墙中的木镙和铁钉，这些都是我今生今世的证据啊。

我走的时候，我还不知道曾经的生活有一天，会需要证明。

有一天会再没有人能够相信过去。我也会对以往的一切产生怀疑。那是我曾有过的生活吗？我真看见过地深处的大风？更黑，更猛，朝着相反的方向，刮动万物的骨骸和根须。我真听见过一只大鸟在夜晚的叫声？整个村子静静的，只有那只鸟在叫。我真的沿那条黑寂的村巷仓皇奔逃？背后是紧追不舍的瘸腿男人，他的那条好腿一下一下地捣着地。我真的有过一棵自己的大榆树？真的有一根拴牛的榆木桩，它的横杈直端端指着我们家院门，找到它我便找到了回家的路。还有，我真沐浴过那样恒久明亮的月光？它一夜一夜地已经照透墙、树木和道路，把银白的月辉渗浸到事物的背面。在那时候，那些东西不转身便正面背面都领受到月光，我不回头就看见了以往。

现在，谁还能说出一棵草、一根木头的全部真实。谁会看见一场一场的风吹旧墙、刮破院门，穿过一个人慢慢松开的骨缝，把所有所有的风声留在他的一生中。

这一切，难道不是一场一场的梦？如果没有那些旧房子和路，没有扬起又落下的尘土，没有与我一同长大仍旧活在村里的人、牲畜，没有还在吹刮着的那一场一场的风，谁会证实以往的生活——即使有它们，一个人内心的生存谁又能见证。

我回到曾经是我的现在已成别人的村庄。只几十年工夫，它变成另一个样子。尽管我早知道它会变成这样——许多年前他们往这些墙上抹泥巴、刷白灰时，我便知道这些白灰和泥皮迟早会脱落得一干二净。他们打那些土墙时我便清楚这些墙最终会回到土里——他们挖墙边的土，一截一截往上打墙，还喊着打夯的号子，让远远近近的人都知道这个地方在打墙盖房子了。墙打好后每堵墙边都留下一个坑，墙打得越高坑便越大越深。他们也不填它，顶多在坑里栽几棵树，那些坑便一直在墙边等着，一年又一年，那时我就知道一个土坑漫长等待的是什么。

但我却不知道这一切面目全非、行将消失时，一只早年间日日以清脆嘹亮的鸣叫唤醒人们的大红公鸡、一条老死窝中的黑狗、每个午后都照在（已经消失的）门框上的那一缕夕阳……是否也与一粒土一样归于沉寂。还有，在它们中间悄无声息度过童年、少年、青年时光的我，他的快乐、孤独、无人感知的惊恐与激动……对于今天的生活，它们是否变得毫无意义。

当家园废失，我知道所有回家的脚步都已踏踏实实地迈上了虚无之途。

一个人的村庄

我出去割草，去得太久，我会将钥匙压在门口的土坯下面。我一共放了四块土坯迷惑外人，东一块，西一块，南北各一块。有一年你回来，搬开土坯，发现钥匙锈迹斑斑，一场一场的雨浸透钥匙，使你顿觉离家多年。又一年，土坯下面是空的，你拍打着院门，大声喊我的名字。那时村里已没几户人家，到处是空房子，到处是无人耕种的荒地，你趴在院墙外，像个外人，张望我们生活多年的旧院子，泪眼涔涔。

芥，我说不准离家的日子，活着活着就到了别处。我曾做好一生一世的打算，在黄沙梁等你，你知道的，我没这个耐力，随便一件小事都可能把我引向无法回来的远处。在过去的几十年里，村里人就是为一些小事情一个一个地走得不见了。以至多少年后有人问起走失的这些人，得到的回答仍旧是：

他割草去了。

她浇地去了。

人们总是把割草浇地这样的事看得太随便平常。出门时不做任何准备，不像出远门那样安顿好家里的一切。往往是凭一个念头，也不跟家里人打声招呼，提一把镰刀或扛一把锨就出去了，一天到晚也不见回来，一两年过去了还没有消息。许多人就是这样被留在了远处。他们太小看这些活计了，总认为三下五下就能应付掉。事实上随便一件小事都能消磨掉人的一辈子，随便一片树叶落下来都能盖掉人的一辈子。在我们看不见的角角落落里，我们找不到的那些人，正面对着这样那样的一两件小事，不知不觉地过去了一辈子。连抬头看一眼天的时间都没有，更别说地久天长地想念一个人。

我最终也一样，只能剩一院破旧的空房子和一把锈迹斑斑的钥匙——我让你熟悉的不知年月的这些东西在黄沙梁，等待遥无归期的你。我出去割草。我有一把好镰刀，你知道的。

多少年前的一个下午，村子里刮着大风，我爬到房顶，看一天没回家的父亲。我个子太矮，站在房顶那截黑乎乎的烟囱上，抬高脚尖朝远处望。当时我只看见村庄四周浩浩荡荡的一片草莽。风把村里没关好的门窗甩得啪啪直响，连一个人影都看不见，满天满地都是风声，我害怕得不敢下来。

我母亲说，父亲是天刚亮时扛一把锨出去的。父亲每天都是这个时候出去。我们从来不知道他在侍弄哪块地。只记得过不了多长时间，父亲的那把锨就磨得不能使了。他在换另一把锨时，总是坐在墙根那块石板上，一遍又一遍地刮磨那根粗糙的新锨把，干得认真而仔细。有时他抬头看看玩耍的我们，也偶尔使唤我给他端碗水拿样工具。我们还小，不知道堆在父亲一生里的那些活，他啥时候才能干完，更不知道有一件活会把父亲永远留在一块地里。

多少年来我总觉得父亲并没有走远，他就在村庄附近的某一块地里，某一片密不透风的草莽中，无声地挥动着铁锨。他干得忘记了时间，忘记了家和儿女，也忘记了累。多少年后我在这片荒野上游荡，有一天，在草莽深处我看见翻得整整齐齐的一大片耕地，我一下认出这是父亲干的活。我跑过去，扑在地上大喊父亲、父亲……我听见我的声音被另一个我接过去，向荒野尽头传递。我站起来，看见父亲的那把铁锨插在地头上，木把已朽。我知道父亲已经把活干完了，他正在回家的路上。我也该回家看看了。我记不清自己游荡了多少年，只觉得我的身体在荒野上没日没夜地飘游，没有方向，没有目的，也不知道累，若不是父亲翻虚的这片地挡住我，若不是父亲插在地头的铁锨提醒我，我就无边无际地游荡下去了。

芥，那时候家里只剩了你。我的兄弟们都不知到哪里去了，他们也和父亲一样，某个早晨扛一把锨出去，就再不回来了。我怎么也找不到他们。黄沙梁附近新出现了好多村子，我的兄弟们或许隐姓埋名生活在另一个村庄了。有些人就是喜欢把自己的一生像件宝贝似的藏起来不让人看，藏得深而僻远。

我记得三弟曾对我说过，一个人就这么可怜巴巴的一辈子，为啥活给别人看呢。三弟是在父亲走失后不久说这句话的，那时我就料到，三弟迟早会把自己的一生藏起来。没想到我的兄弟们都这样小气地把自己的一辈子藏在荒野中了。

我把钥匙压在门口的土坯下面，我做了这个记号给你，走出很远了又觉得不踏实。你想想，一头爱管闲事的猪可能会将钥匙拱到一边，甚至吞进嘴中嚼几下，咬得又弯又扁。一头闲溜达的牛也会一蹄子下去，把钥匙踩进土中。最可怕的是被一个玩耍的孩子捡走，走得很远，连同他的童年岁月被扔到一边。一把好钥匙就这样被无端磨损，成为废物。

早晨微明的天色透进窗户，你坐起身，轻轻移开我的一条腿。

你说：那块地都荒掉了。

哪块地？我似醒非醒地问你。

接着我听见锄头和铁锨轻碰的声音、开门的声音。

我醒来时不知是哪一个早晨，院子扫得干干净净，柴垛得整整齐齐，细绳上晾晒着洗干净的哪个冬天的厚重棉衣。你不在了。

村子里依旧刮着大风，我高晃晃地站在房顶朝四处望。风穿过空洞的门窗发出呜呜的鬼叫声。已经多少年了，每次爬上房顶我都在想，有一天我一定提一把镰刀出去，把村庄周围的草全都割倒。至少，割出一个豁口，割开一条道。我父亲走失的第五年，有一天，我在房顶上看见村西边的沙沟里有一片草在摇动。我猛然想到是不是父亲，我记得母亲说过，你父亲就喜欢扛一把锨在乱草中捣腾，他时不时地在一片草莽中翻出块地来，胡乱地撒些种子，就再不管了。吃午饭时，母亲又说：爬到房顶看看，哪片草动弹肯定是你父亲。

我翻过沙梁，一头钻进密密麻麻的深草。草高过了头顶，我感到每一株草都能把我挡到一边，我只有一株草一株草地拨开它们。结果我找到了一头驴。我认出是几年前王五家丢掉的那头，当时王五家为了这头驴惊动了方圆几百里，几乎远远近近每一条路上都把守着王五家的亲戚，村里每一户人家都被怀疑。没想到驴就藏在离王五家不远的一摊荒草中，几年间它没移动几步，嘴边就是青草，它卧在地上左一口右一口地就能吃饱肚子，对驴来说这是多好的日子。它当然不愿再回到村里去受苦。可王五家却惨了，本该驴做的事情都由王五家的人分担去做了。才几年工夫王五的腰就弓成驴背了。我出于好心把驴拉了回去送给王五家。王五的婆姨抱着驴脖子哭了好一阵，驴被感动了似的也吭吭地叫起来。王五的婆姨哭够了转过身来，用一双泥糊糊的眼睛瞪着我说：

你爹出去几年了。

五年了。我说。

那就对了。王五的婆姨一拍巴掌，说。

我家的驴也丢掉整整五年了，肯定是你爹把我家的驴拉出去使唤了五年，使唤成老驴了，才让你给送过来。你说，是不是。

芥，我记得我们种过一块地，离村庄很远。一个春天的早晨我们赶马车出去，绕过沙梁后走进一片白雾蒙蒙的草地，马打着响鼻。我趴在装满麦种的麻袋上，你躺在我身旁。我清楚地记得有一股大风刮过你的嘴唇，朝我的眼睛里吹拂，我什么都看不见了，只闻到一股熟悉的来自遥远山谷的芬芳气息。不知道车又拐了多少个弯，爬了几道梁，过了几条沟。后来车停了下来，我抬起头，看见一望无际的一片野地。

芥，我一直把那一天当成一场梦，再想不起那片野地的方向和位置。我们做着身边手边的事，种着房前屋后的几小块地，多少个季节过去了，我似乎已经忘记我们曾无边无际地播种过一片麦子。我只依稀记得我们卸下农具和种子时，有一麻袋种子漏光在路上了。

后来我们往回走时，路上密密麻麻长满了麦子。我们漏在路上的麦种，在一场雨后全都长了出来，沿路弯弯曲曲一直生长到家门口，我们一路收割着回去。芥，我一直不敢相信的一段经历你却把它当真了。你背着我暗暗记住了路。那个早晨，我在睡眼蒙眬中听见你说：那块地长荒了。我竟没想到你在说那一片麦地。现在，你肯定走进那片无边无际的麦地中了。

我带走了狗，我不知道你回来的日子，狗留在家里，狗会因怀念而陷入无休止的回忆。跟了我二十年的一条狗，目睹一个人的变化，面目全非。二十年岁月把一个青年变成壮年，继而老态龙钟。狗对自己忠诚的怀疑将与年俱增。在狗眼里，人一生中的不同时期是不同面孔的好几个人。它忠心尾随的那个面孔的人，随着年月渐渐就不见了。取而代之的是另一副面孔另一番心境的一个人，还住在这个院子，还种着这块地。狗永远不能理解沧桑这回事。一个跟随人一辈子的忠犬，在它的自我感觉中已几易其主，它弄不清人一生中哪个时期的哪副面孔是它真正的主人。

狗留在家里，就像你漂泊在外，是我最放心不下的心事。

一条没有主人的狗，一条穷狗，会为一根干骨头走村串巷，挨家乞讨，备受人世冷暖，最后变得世故，低声下气，内心充满怨恨与感激。感激给过它半嘴馊馍的人，感激没用土块追打过它的人，感激垃圾堆中有一点饭渣的那户人。感激到最后就没有了狗性，没有一丁点怨恨，有怨也再不吭声，不汪不吠。游荡一圈回到空荡荡的窝中，见物思人，主人的身影在狗脑子里渐渐怀念成一个幻影，一个不真实的梦。

这还不是最重要的。你回来晚了，狗老死在窝里，它没见过你的狗子狗孙们把守着院子。它们没有主人，纯粹是一群野狗，把你的家当狗窝，不让你进去。

家是很容易丢掉的，人一走，家便成一幢空房子。锁住的仅仅是一房子空气，有腿的家具不会等你，有轱辘的木车不会等你，你锁住一扇门，到处都是路，一切都会走掉。门上的红油漆沿斑驳的褪色之路，木梁沿坑坑洼洼的腐朽之路，泥墙沿深深浅浅的风化之路，箱子里的钱和票据沿发黄的作废之路……无穷无尽地走啊。

我在荒草没腰的野地偶一抬头，看见我们家的烟囱青烟直冒，我马上想到是你回来了，怎么可能呢，都这么多年了，都这么多年了，我快过惯没有你的日子。

我扔下镰刀往回跑。

一个在野外劳动的人，看见自己家的炊烟连天接地地袅袅上升，那种子孙连绵的感觉会油然而生。炊烟是家的根。生存在大地深处的人们，就是靠扎向天空的缕缕炊烟与高远陌生的外界保持着某种神秘的联系。

炊烟一袅袅，一个家便活了。一个村庄顿时有了生机。

没有一朵云，空荡荡的天空中只有我们家那股炊烟高高大大地挡住太阳，我在它的阴影中奔跑，家越来越近。

我推开院门，一个陌生男人正往锅头里塞柴火，我一下愣住了，才一会儿工夫，家就被别人占了。我操了根木棍，朝那个男人蹲着的背影走去。

听到脚步声他慢腾腾地转过身。

你找谁？他问。

你找谁？我问。

我不找谁。他说着又往锅头里塞了根柴火，我看见半锅水已经开了，噗噗地冒着热气。

这个男人去另一个村庄，路过院门口时，一脚踩翻土坯，看见我留给你的钥匙。他小心翼翼捡起来，擦净上面的锈和尘土，顺手装进口袋。走了几步他又返回来。我一共留给你五把钥匙，能打开五扇门。我们家能锁住的地方我都上了锁。

他捡出一把粗短的黄铜钥匙，对准锁孔塞了几下，没塞进去。又捡出另一把细长的，没费劲就塞了进去，捅到底了，还露半截在外面，他故意扭了几下又拔出来。捅进第三把钥匙时，锁打开了。他在院子里转了一圈，然后又挨个地打开每一间房子。

他先走进一间宽大低矮的卧房，看见占据了大半个房间的几十米长的一张大土炕，他有点吃惊，从没见过这么大的土炕。他想，这家男人修了如此阔大的一个炕，一定想生养几十个儿女。有这种雄心的男人一般都有健壮体魄，又娶到一房样样能行的好媳妇，而从这个大土炕上齐刷刷站起来的一群儿女，在一个早晨像庄稼一样密密麻麻立在地上，挡住从窗外照进来的那束阳光。

他想，这家男人在年轻力盛时一定很自负地算好了一生的精力和时间，才修了这样巨大的一个土炕，他对自己太有信心了。多少年后的今天，显然，他连半个儿子也没种出来，大土炕上一片荒芜，长着些弱小的没咋见阳光的杂草。只有靠东头的炕角上，铺着张发黄的苇席和半条烂毡，一床陈旧的大花棉被胡乱地堆在上面。

是什么东西阻止或破灭了这家男人的雄伟梦想呢？他不知道。

他用一根指头在布满裂缝的桌面上抹了一下，划出道清晰的印子，尘土足有铜钱厚。他是个流浪人，可能从没安心在一个地方长年累月地体验过一件事情。不像我，多少年来看着一棵树从小往大地长。守着一个院子，从新住到旧。思念着一个人，从年轻到年老昏沉。他没这种经历，因而弄不清多少年的落尘才能在桌面上积到铜钱这么厚。

他转过身，穿过满是杂乱农具的库房，墙上挂的，梁上吊的，地上堆的，各式各样的农具。有些他从没有见过，造型古古怪怪，不知是干什么活儿用的。

芥，有些活儿是只有我能看见的，它们细小或宏大地摆在我的一生里，我为这些不同种类的活儿制造了不同式样的专用农具。我不像父亲，靠一把简单的铁锨就能对付一辈子。有些活通过我的劳动永远不见了，或者变成另一种活儿等候在岁月中了。我埋掉的一些东西成为后人的挖掘物时，那种劳动又回来或重新开始了。我割倒垛在荒野中的干草，多少年后肯定有人赶一辆车拉回村里。这些深远的东西一个过路人怎能看清看透呢。他只会惊叹：这家男人长着怎样有力的一双手啊。他为自己准备了如此多而复杂的一库房农具，他到底想干掉多少活干出多大的事业，这些农具中的哪一件真正被用过。

他打开另一扇门，一股谷物腐烂的霉味扑鼻而来。这间房子没有窗户，光线很暗，只有接近房顶的墙上有两个很小的通风洞，房子中间突兀地立着一堵墙，墙的半腰处有个黑洞洞的豁口，他把头探进豁口，看了半天，才看清里面是黑乎乎的半仓粮食。他把手伸进去，抓了一把谷物走到院子里，在阳光下观察了一阵，又用鼻子闻了闻。

没准还能吃呢。他想。

要能吃的话，这半仓粮食够一个人吃一年了。

他在院子里转了一圈，捡了些柴火放到锅头旁。他决定住下不走了。他想，这么大一院房子，白白空着太可惜了。他本来去另一个村庄，另一个村庄在哪他自己也说不清，每到一个村庄，另一个村庄便隐约出现在前方，他只好没完没了地往前走。不知走了多少年，他忘记了家，忘记回去的路，也忘记了疲惫。

正是中午，阳光暖暖地照着村子，有两三个人影，说着话，走过村中间那条空寂的马路。

他想，先做顿饭吧，多少年来他第一次感到了饥饿。

我在这时候跑回家里。

我犯了一个天大的错误。芥，我扔下镰刀往回跑，快下午的时候，一个过路人捡走我的镰刀和一捆青草，往后很多年，我追赶这个人。我走过一个又一个喧哗或寂静的村庄，穿过一片又一片葱郁或荒芜的土地，沿途察看每一个劳动者手中的农具，我放下许多事，甚至忘记了家，忘记了等你……

芥，你不认识老四，你到我们家的时候，老四已走失多年。家里只剩下母亲，和两个我至今不知道名字的小弟弟。他们小我很多岁，总是离我远远的——像在离我很多年那么远的地方各自地玩着游戏。也不叫我二哥，也许叫过，只是太远了我没听清楚。他们总喜欢在某个墙根玩耍，望过去像两个投在墙上的影子。其实他们就是影子，只活在母亲的世界里，父亲离开后再没人带他们来到世上。我一直不知道我有多少个姐妹兄弟。但一定很多，来世的，未来世的，不计其数。他们流失在别处，就像我漂泊在黄沙梁。

多少年后我在这片荒野上游荡时，盲目，无知。没有明确的去处。我找到了你，在很多年间我有了一个安静温暖的归宿。我日日夜夜地爱着你，我渴望通过你回到我母亲那里去。父亲走失后我目睹了母亲长达半世的寂寞和孤独。

我是不是走在一条永远的死胡同里，进来出去又进来，你让我迷路，很多年走不出这个叫黄沙梁的村子。

芥，你没看好我的母亲，你让她走了，带着我的两个不知名字的兄弟远远地走了。你指给我路，让我去追。

正是下午的时候，我扛着铁锨回来，院门敞开着，我喊你的名字，又喊母亲，院子里静静的，没有回应，对面墙上也看不见我那两个兄弟的身影，往日这个时候他们玩得正欢，墙上的影子也就最清晰真实。

我推开一扇门，又推开一扇门，家里像是多少年没有人住。我记得我才出去了一天，早晨我出门时，你正在锅头上收拾碗筷，母亲拿一只小小的笤把在扫院子，我还想，这么大的院子母亲用一只小笤把啥时才扫完呢。我吩咐你帮帮母亲，你答应着。树上在落叶子，我出门时，一些树叶落在母亲扫过的地方。

我在地里干着活还不时朝村里望，快中午的时候，我还看见我们家的烟囱冒了一股烟，又不见了。我头枕在埂子上睡了一觉，是不是这一觉把几十年睡过去了。

我走出院子找你和母亲，村子里空空的一个人也看不见。我一家一家地敲门，几乎每户人家的院门都虚掩或半开着，像是人刚出去没走远，就在邻居家借个东西、去房后撒泡尿马上就回来，所以门没锁，窗户没关。但院子里的破败景象告诉我，这里已很久没人居住。我喊了几个熟悉的人的名字。喊第三声的时候，一堵土院墙轰然而倒。我返回到家里，看见你正围着锅头做饭，两盘炒好的蔬菜摆在木桌上。

活儿干完了？我听见你问我。

什么活儿？我在心里想着这句话，说出口的却是另一句：刚才你到哪去了？

我给你做饭哩。

那我回来咋没看见你。

你回来了？啥时？

刚才。

刚才？你说着又把炒好的一盘菜放在木桌上。

那我母亲呢？

刚走，她说不回来吃饭了。你母亲太能吃饭了，一顿吃好几个人的饭还不停地叫饿。她说她是给你的几个兄弟吃饭的，她自己好多年前就不需要吃饭了，只喝点西北风就饱了。

我朝你指的路上追去，没跑几步又折回来。

那么，村里人都到哪去了？

都在哩。

在哪里？

还不是都在干自己的活哩，你想想你到哪去了就该知道其他人的去处。

你说着把一碗烧好的汤放在桌上。我看见发绿的汤里扔着几根白骨。另几盘也是些腐肉和陈菜，那些菜像是多少个季节以前摘的，发着陈旧的灰黑色。虽是刚炒出来，却一点热气都没有。倒像一桌放多年的供食。再看你，也像衰老了许多，衣袖有几处已朽烂，铜手镯绿锈斑斑，似乎这顿饭你做了很多年才做熟。炉膛里还是多年前的那灶火，盘子里是多年前的肉和蔬菜，我的胃里蠕动着的也是多年前的一次饥饿。

芥，我记得我才出去一天。

我三十岁那年秋天，我想，我再不能这样懵懵懂懂地往前活了。我要停下来，回过头把这半辈子认认真真回味一遍。如果我能活六十岁的话，我用三十年时间往前走，再用剩下的三十年往回走，这样一辈子刚好够用。

从那时起，我停住手中的一切活计，吃着仓里的陈旧谷子，喝着井里的隔年老水，拒绝和任何一个陌生人认识，也不参与村里家里的一切事务。唯一的在外面的活动是：当我回想不起来的时候，找几个熟悉我的人聊聊往事。

那年秋天家家户户大丰收，人人忙忙碌碌。仓满了，麻袋也用完了，院子里、房顶、马路上，到处堆放着粮食。人们被多年不遇的丰收喜昏了头，没谁愿意跟我闲扯陈年旧事。他们干着今年的活，手握着今年的玉米棒子，眼睛却满含喜庆地望着来年。他们说，啊，要是再有几个这样的好年成，我们就能把一辈子的粮食全打够，剩下的年月，就可以啥也不干在家里享福了。他们一年接一年地憧憬下去，好年成一个挨一个一直延伸到每个人的生命尽头。照这样的向往，我发现他们根本没有剩下的年月可以啥也不干待在家里享福。往往是今年的收成还顾不上吃几口，另一年的更大丰收又接踵而来，大丰收排着大队往家里涌，人们忙于收获，忙于喜庆，忙得连顿好饭都顾不上吃，一村人的一辈子就这样毫无余地地完蛋了。

我庆幸自己早早刹住了车。芥，只有你理解我。在我满屋满院子翻找那些能够证明我过去生活的旧农具、旧家什以及老帐单、破鞋帽时，你不动声色地配合我，一边收拾着满院子的粮食，一边找出你早年的衣饰，穿戴在身上，用你以往的眼神和微笑对着我，说着你对我说过的话，重复着你对我做过的那些动作。芥，我就从前一天的晚上开始回想。我顶好院门，用一捆树枝把院墙上的豁口堵住。天还没有黑透，还不到睡觉的时候，你早早就喊我上炕，不教我出去转，和屋后的韩三吹吹牛、聊聊天，乘机抽他的一根烟。韩三叫我谝高兴时，就会递过一大张烟纸，抓一大撮烟颗，让我又粗又长地卷一根烟。这件便宜事我从没告诉过你，即使告诉了，你也不会放我出去一个人过瘾。我看得出，你从天一亮就开始盼着天早早黑，好早早上炕。那时你是多么狂热地依恋着我呵。多少年后的那些个晚上，当我闲着没事想出去混根烟抽时，韩三早已不在村里，他家装修考究的窗户门变成几个怪模怪样的黑洞，遇到风天便发出呜呜的怪叫。

我坐在炕沿脱衣服时，还听到村里忙忙碌碌的人声、狗和牲畜的叫声。我忙碌的时候，不会清晰地听到其他人忙碌的声音，现在我不忙了，要忙另一件事了。你让我早早闲下来，怕我累坏了身体干不成正事。

我就从这一夜开始回忆，从三十岁的这一夜起，我就往回走了，背对着你们——一村庄人，面朝曾经发生过的事情。熄灭的油灯又亮起来，橘黄的亮光重新温馨地照着这间房子，这面几十米长的大土炕。我们睡在土炕的一头，另一头堆满了玉米棒子，都是新鲜的刚收获不久的棒子，夜里我困顿时你顺手拿过又粗又长的一个，摇醒我。你把玉米棒抓在手里，对着我的嘴唇撩来弄去。你知道怎样弄醒我。外面刮起风。我听见风把院子里的干树叶刮起来，带到很远很远的地方，紧接着一些很远处的树叶又被风刮到房顶和院子里。你不让我吹灯，你不知道灯亮着我多心疼，家里只有一小瓶灯油，我准备了好几个大桶，并排放在库房的墙根。我想年轻时多摸摸黑，节省点灯油，到我上了年纪，老眼昏花时就会有足够的灯油，我在四围点好多盏灯。当一个人视力渐衰时他拥有了好多盏灯，一盏一盏地，把他看不清的那些地方一一点亮，这是多么巨大的补偿啊。这种补偿不会凭空而降，要靠自己在漫长一生中一点点地去积攒。你怨我性急，我咋能不急呢，灯亮着，灯油一丝丝耗尽时，我就觉得自己没有了力气，只想早早熄灯入梦。

我站在村头观察了好一阵。月光下的黄沙梁，就像梦中的白天一样。一切都在银灰色的透明空气中呈现出原来的样子——树还是那样高，似乎我离开后树再没有生长过。房子还那样低矮，只是不知住在里面的，是不是我认识的那一村庄人。我走了半夜的黑路，神情有些恍惚，记不清自己离开黄沙梁已有多久。我好像做了一场梦，恍恍惚惚醒来，看见自己生活多年的一个村庄，泊在月色里。

就在前半夜，我还一直担心自己走错了路。我记得以前的路是在沙梁顶上蜿蜒向西，绕过一道沟后直端端戳向村子。

谁把路朝北挪动了半里。我自言道。

有人为了种地往往会把道路挤到一边，让过往的人围着他的地转。有一年我穿过一片戈壁去胡家海子，去时路还好好的，路旁长满了野草和灌木。几天后当我回返时，这片戈壁已被人耕翻了，并浇了水，种上粮食。我费了大半天时间才绕过去。我想，倘若这个种地人心贪，把地耕种到天边，那我就永远被隔在地这边的他乡了。

而这片荒野并没有人耕种，好像路不小心从沙梁上滑了下来，要么是向北的风一年一年地把路吹到这边了，像吹一根绳子一样。

不过，我想是另一种情景：一场大雪后，荒野白茫茫一片，雪把所有界线和标识覆盖得一片模糊。最先出门的人，搞不清道路的确切位置，但又不能不走，只好大概地瞄一个方向踏雪而去。晚出门的人、车马也都不加考虑地循着这行脚印走去。这样每一场雪后，道路总会偏离原来的轨迹，有时是偏左，有时偏右。整个冬天没有几只脚真正地踩在路上。只有到了春天——融雪之后，人们才惊讶地发现：把路走偏了。但又没有谁会纠正这个错误，又回到老路上去。反正，咋走还是走到该去的地方，目的地不会错的。

那时候我们刚刚结婚，我整夜守着你，不知道村里发生了啥事。几个兄弟都离我远远的，夜里他们睡在房顶和院子里。母亲啥都不让我干，顿顿给我吃鸡蛋。

赶紧让你媳妇把娃娃怀上。

母亲希望我们家能尽快来一个人。每天都有人走掉，好多人不见了。

我最听母亲的话，父亲离开后，母亲的话语成了我们家里唯一的长辈的声音。她温和舒缓地覆盖着这个家庭，我们按她说的去做，或者当面答应，背后照自己的想法去干活。无论听从与否，我们都不能没有这种声音——从祖辈的高处贯穿下来的骨肉之音。父亲母亲，你们的声音将最终成为儿女们的声音在代与代的山谷间经久回应。不管我们年轻时怎样不听话，违背母语父令。最终还是回到父亲母亲的声音中，用你们的话语表达我们自以为全新的人生，做着父母语言中的所有事情。

芥，你也是听了你母亲的话温温顺顺做了我的妻子。你老早就喜欢我，想嫁给我，你母亲同意后这个意愿便成了你母亲的，你是个听话的好女儿，照母亲的意愿做了你愿意做的。我也一样。我蓄了二十多年的劲，磨了二十多年的刀，攒了二十年的念想。现在，我却突然意识到这是母亲安排我做的一件事。母亲没说出之前我只是在夜里偷偷地想你，母亲说了，我就照她的意愿去做。

我十六岁那年，母亲让我去开一片荒地。放下这么多熟地不种，开什么荒呀。我心里叨咕着，还是去了。那是片稀稀拉拉长着些蒿草的白皮地，看样子没人动过一锨一锄。我在地上挖了几锨，地太硬，锨怎么也插不进去。母亲我是不是劲太小了，没到开荒的年龄。你父亲十三岁就开始在荒地里舞锨弄锄了。我懊丧地坐在地上，看着硬邦邦的生地愣了半天，快中午时，扛着锨回到家里。

你叫我做的每一件事我都躲不过去，现在不做，将来还会去做。

母亲我面对的依旧是你几年前让我去开的那块荒。我依旧像几年前那样慌乱无措。

一个人从孕育到出生都是这么荒唐和盲目。全不像种地，先分清种子。种瓜得瓜，种豆得豆。传宗接代的事却由不得你，种子撒出去，五花八门，谁知是些啥货色，管它饱子、秕子、病子，千万粒种子最后只发一个芽，结一个果。却不见得是最好的。

芥，我给你的都是秕子吗。都是存放经年的陈腐老籽吗。很多年间我不分季节地播种，我在一小块地上撒了那么多种子，竟没一个发芽的。芥你记不记得那个夜晚我提一把镰刀上炕，我把镰刀握在手里。你疑惑地看着我。我要把镰刀带进梦里。我要梦见你的那一块地。我要割光地里所有的草，让我的种子发芽长出粮食。

一个秋天的下午，我终于在一户人家的窗台上找到了我的镰刀，它被磨得只剩下一弯废铁。

这户人家看样子是喂牲口的，房前屋后垛了从远远近近的野地里割来的荒草，我的那捆草肯定压在这些高高的草垛中间，要是能翻出来，我会一眼认出它的。我捆草的方式跟谁都不一样。每一捆草上我都做了只有我能看出的记号。我暗暗在我经手的每件事情上都留下我的痕迹，甚至在鞋底上刻上代表我名字的一个字，我走到哪，就把这个字印到哪，在某些关键地段，我有意把脚印踩得很深，我这样做只是为了多年后当我重返这片荒野时，能清晰地看到自己生活过的痕迹。很早我就预感到我还会来到这片荒野上，还会住进黄沙梁，不是我一个人，而是一大群，那时的我作为曾经人世的向导，走在浩浩荡荡的人群前面，扛一把铁锹指指点点。我引他们走我走过的长短路途，经历我经历过的所有事物，他们不会比我做得更出色。

我房前屋后转了一圈，没见一头牲口，人也不知干啥去了，门窗敞开着。我想喝口水，可是水缸是干的，院子中间的一棵榆树，也像枯死多年了，树杈上高高地吊着只破马灯，足有两个人那么高。我想是树很小的时候，这家人把马灯挂在树枝上，坐在树下的灯影里一夜一夜地干着一件事。后来树长高了，马灯跟着升到高处，在这个谁也够不着的高度上马灯熬干灯油，自己熄灭了。这家人的活干完了没有呢。

枯树下面是一驾只剩一只轱辘的破马车，一匹马的骨架完整地堆在车辕中间。显然，马是套在车上死掉的，一副精致的皮套具还搭在马骨头上。这堆骨架由一根皮缰绳通过歪倒的马头拴在树干上，缰绳勒进树身好几寸，看来赶车人把车马拴在树上去干另一件事，结果再没回来——或者来得像我一样晚。这期间榆树长了一圈又一圈……

我坐在一把吱吱乱响的木椅上，爱怜地抚摸着我的镰刀，我真心疼啊。是怎样的一个人把我的镰刀使唤成这样了。他用我的镰刀干完了本该由我去干的这些活儿，要不是找这把镰刀，我的草也会垛得跟这户人家的一样高。一把好镰刀，在别人手中经历了一切，变成一弯废铁，它干出的活成了别人的。我想了想，要干掉多少活才能磨废一把镰刀呢。干完这些活要花多少个年月。想着想着我惊愕了：这户人早已不在人世。

我不知道时间过去了多少年，也许我的一辈子早就完了，而我还浑然不觉地在世间游荡，没完没了。做着早不该我做的事情，走着早就不属于我的路。

亲人们一个个走掉了，村里人也都搬到别处，我的四周寂静下来，远远近近，没有人说话的声音，也听不到走路声。我在一个人的村庄进进出出，没有谁为我敲响收工的晚钟，告诉我：天黑了，你该歇息了。没有谁通知我：那些地再不用种，播种和收获都已结束。那个院子再不用去扫，尘土不会再飘起，树叶不会再落下。更没有谁暗示我：那个叫芥的女人，你不必去想念了。她的音容笑貌，她的青春，一切的一切，都在一场风中飘散。结束吧，世间还有另一些事情，等着发生呢。

柴火

我们搬离黄沙梁时，那垛烧剩下一半的梭梭柴，也几乎一根不留地装上车，拉到了元兴宫村。元兴宫离煤矿近，取暖做饭都烧煤，那些柴火因此留下来。后来往县城搬家时，又全拉了来，跟几根废铁、两个破车轱辘，还有一些没用的歪扭木头一起，乱扔在院墙根。不像在黄沙梁时，柴火一根根码得整整齐齐，像一堵墙一样，谁抽走一棵都能看出来。

柴垛是家力的象征。有一大垛柴火的人家，必定有一头壮牲口、一辆好车、一把快镢头、一根又粗又长的刹车绳。当然，还有几个能干的人，这些好东西凑巧对在一起了就能成大事、出大景象。

可是，这些好东西又很难全对在一起。有的人家有一头壮牛，车却破破烂烂，经常坏在远路上，满车的东西扔掉，让牛拉着空车逛荡回来。有的人家正好相反，置了辆新车，能装几千斤东西，牛却体弱得不行，拉半车干柴都打摆子。还有的人家，车、马都配地道了，镢头也磨利索，刹车绳也是新的，人却不行了——死了，或者老得干不动活。家里失去主劳力，车、马、家具闲置在院子，等儿子长大、女儿出嫁，一等就是多少年，这期间车马家具已旧的旧，老的老，生活又这样开始了，长大长壮实的儿女们，跟老马破车对在一起。

一般的人家要置办一辆车得好些年的积蓄。往往买了车就没钱买马了，又得积蓄好些年。我们到这个家时，后父的牛、车还算齐备，只是牛稍老了些。柴垛虽然不高，柴火底子却很厚大排场。不像一般人家的柴火，小小气气的一堆，都不敢叫柴垛。先是后父带我们进沙漠拉柴，接着大哥单独赶车进沙漠拉柴，接着是我、三弟，等到四弟能单独进沙漠拉柴时，我们已另买了头黑母牛，车轱辘也换成新的，柴垛更是没有哪家可比，全是梭梭柴，大棵的，码得跟房一样高，劈一根柴就能烧半天。

现在，我们再不会烧这些柴火了，把它当没用的东西乱扔在院子，却又舍不得送人或扔掉。我们想，或许哪一天没有煤了，没有暖气了，还要靠它烧饭取暖。只是到了那时我们已不懂得怎样烧它。劈柴的那把斧头几经搬家已扔得不见，家里已没有可以烧柴火的炉子。即便这样我们也没扔掉那些柴火，再搬一次家还会带上。它是家的一部分。那个墙根就应该码着柴火，那个院角垛着草，中间停着车，柱子上拴着牛和驴。在我们心中一个完整的家院就应该是这样的。许多个冬天，那些柴火埋在深雪里，尽管从没人去动，但我们知道那堆雪中埋着柴火，我们在心里需要它，它让我们放心地度过一个个寒冬。

那堆梭梭柴就这样在院墙根待了二十年，没有谁去管过它。有一年扩菜地，往墙角移过一次，比以前轻多了，扔过去便断成几截子，颜色也由原来的铁青变成灰黑。另一年一棵葫芦秧爬到柴堆上，肥大的叶子几乎把柴火全遮盖住，那该是它最凉爽的一个夏季了，秋天我们为摘一棵大葫芦走到这个墙角，葫芦卡在横七竖八的柴堆中，搬移柴火时我又一次感觉到它们腐朽的程度，除此之外似乎再没有人动过。在那个墙角里它们独自过了许多年，静悄悄地把自己燃烧掉了。

最后，它变成一堆灰时，我可以说，我们没有烧它，它自己变成这样的。我们一直看着它变成了这样，从第一滴雨落到它们身上、第一层青皮在风中开裂我们看见了。它根部的茬头朽掉，像土一样脱落在地时我们看见了。深处的木质开始发黑时我们看见了，全都看见了。

当我成一具尸时，你们一样可以坦然地说，我们没有整这个人，没有折磨他，他自己死掉的，跟我们没一点关系。

那堵墙说，我们只为他挡风御寒，从没堵他的路。前墙有门，后墙有窗户。

那个坑说，我没陷害他，每次他都绕过去。只有一次，他不想绕了，栽了进去。

风说，他的背不是我刮弯的。他的脸不是我吹旧的。眼睛不是我吹瞎的。

雨说我只淋湿他的头发和衣服，他的心是干燥的，雨下不到他心里。

狗说我只咬烂过他的腿，早长好了。

土说，我们埋不住这个人，梦中他飞得比所有尘土都高。

可是，我不会说。

它们说完就全结束了。在世间能够说出的只有这么多。没谁听见一个死掉的人怎么说。

我一样没听见一堆成灰的梭梭柴，最后说了什么。

村东头的人和村西头的人

一般来说，南方人和北方人的相貌及性情差异是显而易见的。住在村东头的人和住在村西头的人有啥不同便少有人知了。村庄是这个世界上的最小地方，一般的村子户不过百，人不足千，东西跨度也就几百米，那头咳嗽一声这头也能听得清清楚楚。这样的弹丸之地竟也有东西人之分，听起来你会觉得可笑。

住在村东头的人，被早晨的第一缕阳光照醒。这是一天的头一茬阳光，鲜嫩、洁净，充满生机。做早饭的女人，收拾农具的男人，沐浴在一片曙光中，这顿鲜美的“阳光早餐”不是哪个地方的人都能随意享受。阳光对于人的喂养就像草对于牲畜。光线的质量直接决定着人的内心及前途的光亮程度。而当阳光漫过一个房顶又一个房顶到达村西头，光线中已沾染了太多的烟尘、人声和鸡鸣狗叫，变为世俗的东西。

早晨村东头的屋影、树影、烟影、人畜影层层叠叠压向村西头。早晨的影子是残梦，是梦幻与现实的暧昧与交替。这种影子里长大的人，忧郁、怀疑、好妄想。午后村西头的影子正好反过来压向村东头。午后的影子是疲惫，是一整天勤劳带来的收获与遗憾，是先到的夜晚。坐在这种阴影里吃晚饭的人们，咀嚼生活的自足与艰辛。早熟，早恋，早有所成。

住在村东头的男人，早晨面朝太阳，一泡激尿撒出三米远两丈高。这是憋了一夜的老尿，之所以憋一夜不在三五更放掉，就是为了一大早地晒晒太阳。

水往东边流，一渠水村西人洗过衣服村东人洗，虽说水过百米自然清，百米外的清水肯定已不是以前的水。风向西边刮，村东头的尘土刮到村西头，村西的尘土又刮到更西边另一个村庄的东头。

村东头的人以为太阳落尽时，太阳才落到村西头的房子后面，几栋矮土房足够遮挡人的眼光。就像村西人以为太阳还未出来时，村东人已饮足了早晨的头茬子阳光。村西人的黄昏漫长，夜相对短些。村东人的黎明早，昼相应长些。前后一算又是一样的。先醒的人也先睡着。误差极微小，才不易觉察地影响着人。

一个人日复一日、年复一年地被太阳先照那么一阵子，一个人夜夜早睡早醒，早早下到地里，四寂无人地先干那么一阵子。

另一个人总是最后目睹日头落尽，看着人全回村，牲口都归圈。而后关好院门。只有他知道一天真的完了。他最后一个端起饭碗，最后一个点灯又最后一个把灯吹灭。半村人鼾声大震时，另半村人正醒着。

这样的两种人就像生活在两个不同时代，他们气质、禀性中的不同东西肯定比相同的东西多得多。

人虽非草木，家却是根，把人牢牢拴在一处。人可以走东串西，跑南奔北，大部分时间却还是在家里度过。家的位置对人一生有多重要。家安在盐碱滩，你的脚底就一辈子返潮。家住沙沟梁，有风无风你都得把眼眯缝上。不同的生活方位造就着不同的人。几步之外，另有乾坤。村人早就知道这个道理。所以他们在活得不对劲时，要想方设法搬搬房子，这比搬动其他更容易些。树挪死，人挪活嘛。

我改变的事物

我年轻力盛的那些年，常常扛一把铁锨，像个无事的人，在村外的野地上闲转。我不喜欢在路上溜达，那个时候每条路都有一个明确去处，而我是个毫无目的的人，不希望路把我带到我不情愿去的地方。我喜欢一个人在荒野上转悠，看哪不顺眼了，就挖两锨。那片荒野不是谁的，许多草还没有名字，胡乱地长着。我也胡乱地生活着，找不到值得一干的大事。在我年轻力盛的时候，那些很重很累人的活儿都躲得远远的，不跟我交手。等我老了没力气时又一件接一件来到生活中，欺负一个老掉的人。我想，这就是命运。

有时，我会花一晌午工夫，把一个跟我毫无关系的土包铲平，或在一片平地上无辜地挖一个大坑。我只是不想让一把好锨在我肩上白白生锈。一个在岁月中虚度的人，再搭上一把锨、一幢好房子，甚至几头壮牲口，让它们陪你虚晃荡一世，那才叫不道德呢。当然，在我使坏好几把铁锨后，也会想到村里老掉的一些人，没见他们干出啥大事便把自己使唤成这副样子，腰也弯了，骨头也散架了。

几年后当我再经过这片荒地，就会发现我劳动过的地上有了些变化，以往长在土包上的杂草下来了，和平地上的草挤在一起，再显不出谁高谁低。而我挖的那个大坑里，深陷着一窝子墨绿。这时我内心的激动别人是无法体会的——我改变了一小片野草的布局和长势。就因为那么几锨，这片荒野的一个部位发生变化了，每个夏天都落到土包上的雨，从此再找不到这个土包。每个冬天也会有一些雪花迟落地一会儿——我挖的这个坑增大了天空和大地间的距离。对于跑过这片荒野的一头驴来说，这点变化算不了什么，它在荒野上随便撒泡尿也会冲出一个不小的坑来。而对于世代生存在这里的一只小虫，这点变化可谓地覆天翻，有些小虫一辈子都走不了几米，在它的领地随便挖走一锨土，它都会永远迷失。

有时我也会钻进谁家的玉米地，蹲上半天再出来。到了秋天就会有一两株玉米，鹤立鸡群般耸立在一片平庸的玉米地中。这是我的业绩，我为这户人家增收了几斤玉米。哪天我去这家借东西，碰巧赶上午饭，我会毫不客气地接过女主人端来的一碗粥和半块玉米饼子。

我是个闲不住的人，却永远不会为某一件事去忙碌。村里人说我是个“闲锤子”，他们靠一年年的勤劳改建了家园，添置了农具和衣服。我还是老样子，他们不知道我改变了什么。

一次，我经过沙沟梁，见一棵斜长的胡杨树，有碗口那么粗吧，我想它已经歪着身子活了五六年了。我找了根草绳，拴在邻近的一棵榆树上，费了很大劲把这棵树拉直。干完这件事我就走了。两年后我回来的时候，一眼看见那棵歪斜的胡杨已经长直了，既挺拔又壮实。拉直它的那棵榆树却变歪了。我改变了两棵树的长势，而现在，谁也改变不了它们了。

我把一棵树上的麻雀赶到另一棵树上，把一条渠里的水引进另一条渠。我相信我的每个行为都不同寻常地充满意义。我是一个平常的人，住在这样一个偏僻小村庄里，注定要无所事事地闲逛一辈子。我得给自己找点闲事，有个理由活下去。

我在一头牛屁股上拍了一锨，牛猛蹿几步，落在最后的这头牛一下子到了牛群最前面，碰巧有个买牛的人，这头牛便被选中了。对牛来说，这一锨就是命运。我赶开一只正在交配的黑公羊，让一只急得乱跳的白公羊爬上去，这对我只是个小动作，举手之劳。羊的未来却截然不同了，本该下黑羊羔的那只母羊，因此只能下只白羊羔了。黑公羊肯定会恨我的，我不在乎。恨我的那只羊和感激我的那只羊，都在牧羊人的吆喝里，尘土飞扬地翻过了沙梁。

它们再被吆回来时，已是另一个黄昏了。那时我正站在另一道沙梁上，目送落日呢。没人知道这一天的太阳是我送走的。每天黄昏独自站在沙梁上，向太阳挥手告别的那个人就是我。除了我，谁会做这个事呢。家里来个客人走了，都会有人送到村头。照耀了我们一整天的太阳走了，却没有人送别。他们不干的事就是我的事。我一直看着太阳走远，当它落在地平线上，那红彤彤的半个脸庞依依不舍地看着我时，我知道这个村庄里它只认得我。因为，明天一早，独自站在村东头招手迎接日出的，肯定还是我。

当我五十岁的时候，我会很自豪地目睹因为我而成了现在这个样子的大小事物。在其长达一生的时间里，我有意无意地改变了它们，让本来黑的变成白，本来向东的去了西边……而这一切，只有我一个人清楚。

我扔在路旁的那根木头，没有谁知道它挡住了什么。它不规则地横在那里，是一种障碍，一段时光中的堤坝，又像是一截指针，一种命运的暗示。每天都会有一些村民坐在木头上，闲扯一个下午。也有几头牲口拴在木头上，一个晚上去不了别处。因为这根木头，人们坐到了一起，扯着闲话商量着明天、明年的事。因此，第二天就有人扛一架农具上南梁坡了，有人骑一匹快马上胡家海子了……而在这个下午之前，人们都没想好该去干什么。没这根木头生活可能会是另一个样子。坐在一间房子里的板凳上和坐在路边的一根木头上商量出的事肯定是完全不同的两种结果。

多少年后，当眼前的一切成为结局，时间改变了我，改变了村里的一切。整个老掉的一代人，坐在黄昏里感叹岁月流逝、沧桑巨变。没人知道有些东西是被我改变的。在时间经过这个小村庄的时候，我帮了时间的忙，让该变的一切都有了变迁。我老的时候，我会说，我是在时光中活老的。

狗这一辈子

一条狗能活到老，真是件不容易的事。太厉害不行，太懦弱不行，不解人意、善解人意了均不行。总之，稍一马虎便会被人剥了皮炖了肉。狗本是看家守院的，更多时候却连自己都看守不住。

活到一把子年纪，狗命便相对安全了，倒不是狗活出了什么经验。尽管一条老狗的见识，肯定会让一个走遍天下的人吃惊。狗却不会像人，年轻时咬出点名气，老了便可坐享其成。狗一老，再无人谋它脱毛的皮，更无人敢问津它多病的肉体。这时的狗很像一位历经沧桑的老人，世界已拿它没有办法，只好撒手，交给时间和命。

一条熬出来的狗，熬到拴它的铁链朽了，不挣而断。养它的主人也入暮年，明知这条狗再走不到哪里，就随它去吧。狗摇摇晃晃走出院门，四下里望望，是不是以前的村庄已看不清楚。狗在早年捡到过一根干骨头的沙沟梁转转，在早年恋过一条母狗的乱草滩转转，遇到早年咬过的人，远远避开，一副内疚的样子。其实人早好了伤疤忘了疼。有头脑的人大都不跟狗计较，有句俗话：狗咬了你你还去咬狗吗？与狗相咬，除了啃一嘴狗毛你又能占到啥便宜。被狗咬过的人，大都把仇记恨在主人身上，而主人又一股脑把责任全推到狗身上。一条狗随时都必须准备承受一切。

在乡下，家家门口拴一条狗，目的很明确：把门。人的门被狗把持，仿佛狗的家。来人并非找狗，却要先与狗较量一阵，等到终于见了主人，来时的心境已落了大半，想好的话语也被吓得忘掉大半。狗的影子始终在眼前转悠，答问间时闻狗吠，令来人惊魂不定。主人则可从容不迫，坐着察其来意。这叫未与人来先与狗往。

有经验的主人听到狗叫，先不忙着出来，开个门缝往外瞧瞧。若是不想见的人，比如来借钱的，讨债的，寻仇的……便装个没听见。狗自然咬得更起劲。来人朝院子里喊两声，自愧不如狗的嗓门大，也就不喊了。狠狠踢一脚院门，骂声“狗日的”，走了。

若是非见不可的贵人，主人一趟子跑出来，打开狗，骂一句“瞎了狗眼了”，狗自会没趣地躲开，稍慢一步又会挨棒子。狗挨打挨骂是常有的事，一条狗若因主人错怪便赌气不咬人，睁一眼闭一眼，那它的狗命也就不长了。

一条称职的好狗，不得与其他任何一个外人混熟。在它的狗眼里，除主人之外的任何面孔都必须是陌生的、危险的。更不得与邻居家的狗相往来。需要交配时，两家狗主人自会商量好了，公母牵到一起，主人在一旁监督着。事情完了就完了。万不可藕断丝连，弄出感情，那样狗主人会妒忌。人养了狗，狗就必须把所有爱和忠诚奉献给人，而不应该给另一条狗。

狗这一辈子像梦一样飘忽，没人知道狗是带着什么使命来到人世。

人一睡着，村庄便成了狗的世界，喧嚣一天的人再无话可说。土地和人都乏了。此时狗语大作，狗的声音在夜空飘来荡去，将远远近近的村庄连在一起。那是人之外的另一种声音，飘远、神秘。莽原之上，明月之下，人们熟睡的躯体是听者，土墙和土墙的影子是听者，路是听者。年代久远的狗吠融入空气中，已经成寂静的一部分。

在这众狗狺狺的夜晚，肯定有一条老狗，默不作声。它是黑夜的一部分。它在一个村庄转悠到老，是村庄的一部分。它再无人可咬，因而也是人的一部分。这是条终于可以冥然入睡的狗，在人们久不再去的僻远路途，废弃多年的荒宅旧院，这条狗来回地走动，眼中满是人们多年前的陈事旧影。

剩下的事情

一、剩下的事情

他们都回去了。我一个人留在野地上，看守麦垛。得有一个月时间，他们才能忙完村里的活儿，腾出手回来打麦子。野地离村子有大半天的路，也就是说，一个人不能在一天内往返一次野地。这是大概两天的路程，你硬要一天走完，说不定你走到什么地方，天突然黑了，剩下的路可就不好走了。谁都不想走到最后，剩下一截子黑路。是不是。

紧张的麦收结束了。同样的劳动，又在其他什么地方开始，这我能想得出。我知道村庄周围有几块地。他们给我留下够吃一个月的面和米，留下不够炒两顿菜的小半瓶清油。给我安排活儿的人，临走时又追加了一句：别老闲着望天，看有没有剩下的活儿，主动干干。

第二天，我在麦茬地走了一圈，发现好多活儿没有干完，麦子没割完，麦捆没有拉完。可是麦收结束了，人都回去了。

在麦地南边，扔着一大捆麦子。显然是拉麦捆的人故意漏装的。地西头则整齐地长着半垄麦子。即使割完的麦垄，也在最后剩下那么一两镰，不好看地长在那里。似乎人干到最后已没有一丝耐心和力气。

我能想到这个剩下半垄麦子的人，肯定是最后一个离开地头。在那个下午的斜阳里，没割倒的半垄麦子，一直望着扔下它们的那个人，走到麦地另一头，走进或蹲或站的一堆人里，再也认不出来。

麦地太大。从一头几乎望不到另一头。割麦的人一人把一垄，不抬头地往前赶，一直割到天色渐晚，割到四周没有了镰声，抬起头，发现其他人早割完回去了，剩下他孤零零的一垄。他有点急了，弯下腰猛割几镰，又茫然地停住。地里没一个人。干没干完都没人管了。没人知道他没干完，也没人知道他干完了。验收这件事的人回去了。他一下泄了气，瘫坐在麦茬上，愣了会儿神：球，不干了。

我或许能查出这个活儿没干完的人。

我已经知道他是谁。

但我不能把他喊回来，把剩下的麦子割完。这件事已经结束，更紧迫的劳动在别处开始。剩下的事情不再重要。

以后几天，我干着许多人干剩下的事情，一个人在空荡荡的麦地里转来转去。我想许多轰轰烈烈的大事之后，都会有一个收尾的人，他远远地跟在人们后头，干着他们自以为干完的事情。许多事情都一样，开始干的人很多，到了最后，便成了某一个人的。

二、远离村人

我每天的事：早晨起来望一眼麦垛。总共五大垛，一溜排开。整个白天可以不管它们。到了下午，天黑之前，再朝四野里望一望，看有无可疑的东西朝这边移动。

这片大野隐藏着许多东西。一个人，五垛麦子，也是其中的隐匿者，谁也不愿让谁发现。即使是树，也都蹲着长，躯干一曲再曲，枝丫匐着地伸展。我从没在荒野上看见一棵像杨树一样高扬着头，招摇而长的植物。有一种东西压着万物的头，也压抑着我。

有几个下午我注意到西边的荒野中有一个黑影在不断地变大。我看不清那是什么，它孤孤地蹲在那里，让我几个晚上没睡好觉。若有个东西在你身旁越变越小最后消失了，你或许一点不会在意。有个东西在你身边突然大起来，变得巨大无比，你便会感到惊慌和恐惧。

早晨天刚亮我爬起来，看见那个黑影又长大了一些。再看麦垛，似乎一夜间矮了许多。我有点担心，扛着锨小心翼翼地走过去，穿过麦地走了一阵，才看清楚，是一棵树。一棵枯死的老胡杨树突然长出许多枝条和叶子。我围着树转了一圈。许多叶子是昨晚上才长出来的，我能感觉到它的枝枝叶叶还在长，而且会长得更加蓬蓬勃勃。我想这棵老树在熬过了一个干旱夏天后，它的某一条根，突然扎到了土地深处的一个旺水层。我想一定是这样的。

能让一棵树长得粗壮兴旺的地方，也一定会让一个人活得像模像样。往回走时，我暗暗记住了这个地方。那时，我刚刚开始模糊地意识到，我已经放任自己像植物一样去随意生长。我的胳膊太细，腿也不粗，胆子也不大，需要长的东西很多。多少年来我似乎忘记了生长。

随着剩下的事情一点一点地干完，莫名的空虚感开始笼罩草棚。活儿干完了，镰刀和铁锹扔到一边。孤单成了一件事情。寂寞和恐惧成了一件大事情。

我第一次感到自己是一个人，而它们——成群地、连片地、成堆地对着我。我的群落在几十里外的黄沙梁村里。此时此刻，我的村民帮不了我，朋友和亲人帮不了我。

我的寂寞和恐惧是从村里带来的。

每个人最后都是独自面对剩下的寂寞和恐惧，无论在人群中还是在荒野上。那是他一个人的。

就像一粒虫、一棵草，在它浩荡的群落中孤单地面对自己的那份欢乐和痛苦。其他的虫草不知道。

一棵树枯死了，提前进入了比生更漫长的无花无叶的枯木期。其他的树还活着，枝繁叶茂。阳光照在绿叶上，也照在一棵枯树上。我们看不见一棵枯树在阳光中生长着什么。它埋在地深处的根在向什么地方延伸。死亡以后的事情，我们不知道。

一个人死了，我们把他搁过去——埋掉。

我们在坟墓旁边往下活。活着活着，就会觉得不对劲：这条路是谁留下的。那件事谁做过了。这句话谁说过。那个女人谁爱过。

我在村人中生活了几十年，什么事都经过了，再待下去，也不会有啥新鲜事。剩下的几十年，我想在花草中度过，在虫鸟水土中度过。我不知道这样行不行，或许村里人会把我喊回去，让我娶个女人生养孩子。让我翻地，种下一年的麦子。他们不会让我闲下来，他们必做的事情，也必然是我的事情。他们不会知道，在我心中，这些事情早就结束了。

如果我还有什么剩下要做的事情，那就是一棵草的事情，一粒虫的事情，一片云的事情。

我在野地上还有十几天时间，也可能更长。我正好远离村人，做点自己的事情。

三、风把人刮歪

刮了一夜大风。我在半夜被风喊醒。风在草棚和麦垛上发出恐怖的怪叫，像女人不舒畅的哭喊。这些突兀地出现在荒野中的草棚麦垛，绊住了风的腿，扯住了风的衣裳，缠住了风的头发，让它追不上前面的风。它撕扯，哭喊。喊得满天地都是风声。

我把头伸出草棚，黑暗中隐约有几件东西在地上滚动，滚得极快，一晃就不见了。是风把麦捆刮走了。我不清楚刮走了多少，也只能看着它刮走。我比一捆麦子大不了多少，一出去可能就找不见自己了。风朝着村子那边刮。如果风不在中途拐弯，一捆一捆的麦子会在风中跑回村子。明早村人醒来，看见一捆捆麦子躲在墙根，像回来的家畜一样。

每年都有几场大风经过村庄。风把人刮歪，又把歪长的树刮直。风从不同方向来，人和草木，往哪边斜不由自主。能做到的只是在每一场风后，把自己扶直。一棵树在各种各样的风中变得扭曲，古里古怪。你几乎可以看出它沧桑躯干上的哪个弯是南风吹的，哪个拐是北风刮的。但它最终高大粗壮地立在土地上，无论南风北风都无力动摇它。

我们村边就有几棵这样的大树，村里也有几个这样的人。我太年轻，根扎得不深，躯干也不结实，担心自己会被一场大风刮跑，像一棵草一片树叶，随风千里，飘落到一个陌生地方。也不管你喜不喜欢，愿不愿意，风把你一扔就不见了。你没地方去找风的麻烦，刮风的时候满世界都是风，风一停就只剩下空气。天空若无其事，大地也像什么都没发生。只有你的命运被改变了，莫名其妙地落在另一个地方。你只好等另一场相反的风把自己刮回去。可能一等多年，再没有一场能刮起你的大风。你在等待飞翔的时间里不情愿地长大，变得沉重无比。

去年，我在一场东风中，看见很久以前从我们家榆树上刮走的一片树叶，又从远处刮回来。它在空中翻了几个跟头，摇摇晃晃地落到窗台上。那场风刚好在我们村里停住，像是猛然刹住了车。许多东西从天上往下掉，有纸片——写字的和没写字的纸片、布条、头发和毛，更多的是树叶。我在纷纷下落的东西中认出了我们家榆树上的一片树叶。我赶忙抓住它，平放在手中。这片叶的边缘已有几处损伤，原先背阴的一面被晒得有些发白——它在什么地方经受了什么样的阳光。另一面粘着些褐黄的黏土。我不知道它被刮了多远又被另一场风刮回来，一路上经过了多少地方，这些地方都是我从没去过的。它飘回来了，这是极少数的一片叶子。

风是空气在跑。一场风一过，一个地方原有的空气便跑光了，有些气味再闻不到，有些东西再看不到——昨天弥漫村巷的谁家炒菜的肉香。下午晾在树上忘收的一块布。早上放在窗台上写着几句话的一张纸。风把一个村庄酝酿许久的、被一村人吸进呼出弄出特殊味道的一窝子空气，整个地搬运到百里千里外的另一个地方。

每一场风后，都会有几朵我们不认识的云，停留在村庄上头，模样怪怪的，颜色生生的，弄不清啥意思。短期内如果没风，这几朵云就会一动不动赖在头顶，不管我们喜不喜欢。我们看顺眼的云，在风中跑得一朵都找不见。

风一过，人忙起来，很少有空看天。偶尔看几眼，也能看顺眼，把它认成我们村的云，天热了盼它遮遮阳，地旱了盼它下点雨。地果真就旱了，一两个月没水，庄稼一片片蔫了。头顶的几朵云，在村人苦苦的期盼中果真有了些雨意，颜色由雪白变铅灰再变墨黑。眼看要降雨了，突然一阵北风，这些饱含雨水的云趺趺撞撞，飞速地离开村庄，在荒无人烟的南梁上，哗啦啦下了一夜雨。

我们望着头顶腾空的晴朗天空，骂着那些养不乖的野云。第二天全村人开会，做了一个严厉的决定：以后不管南来北往的云，一律不让它在我们村庄上头停，让云远远滚蛋。我们不再指望天上的水，我们要挖一条穿越戈壁的长渠。

那一年村长是胡木，我太年轻，整日缩着头，等待机会来临。

各种各样的风经过了村庄。屋顶上的土，被吹光了几次，住在房子里的人也记不清楚。无论南墙北墙东墙西墙都被风吹旧，也都似乎为一户户的村人挡住了南来北往的风。有些人不见了，更多的人留下来。什么留住了他们。

什么留住了我。

什么留住了风中的麦垛。

如果所有粮食在风中跑光，所有的村人，会不会在风停之后远走他乡，留一座空荡荡的村庄。

早晨我看见被风刮跑的麦捆，在半里外，被几棵铃铛刺拦住。

这些一墩一墩，长在地边上的铃铛刺，多少次挡住我们的路，刮烂手和衣服，也曾多少次被我们的镢头连根挖除，堆在一起一把火烧掉。可是第二年它们又出现在那里。

我们不清楚铃铛刺长在大地上有啥用处。它浑身的小小尖刺，让企图吃它的嘴，折它的手和践它的蹄远离之后，就闲闲地端扎着，刺天空，刺云，刺空气和风。现在它抱住了我们的麦捆，没让它在风中跑远。我第一次对铃铛刺深怀感激。

也许我们周围的许多东西，都是我们生活的一部分，生命的一部分，关键时刻挽留住我们。一株草，一棵树，一片云，一只小虫……它替匆忙的我们在土中扎根，在空中驻足，在风中浅唱……

任何一株草的死亡都是人的死亡。

任何一棵树的夭折都是人的夭折。

任何一粒虫的鸣叫也是人的鸣叫。

四、铁锨是个好东西

我出门时都扛着铁锨。铁锨是这个世界伸给我的一只孤手，我必须牢牢握住它。

铁锨是个好东西。

我在野外走累了，想躺一阵，几锨就会铲出一块平坦的“床”来。顺手挖两锨土，就垒一个不错的“枕头”。我睡着的时候，铁锨直插在荒野上，不同于任何一棵树一杆枯木。有人找我，远远会看见一把锨。有野驴野牛飞奔过来，也会早早绕过铁锨，免得踩着我。遇到难翻的梁，虽不能挖个洞钻过去，碰到挡路的灌木，却可以一锨铲掉。这棵灌木也许永不会弄懂挨这一锨的缘故——它长错了地方，挡了我的路。我的铁锨毫不客气地断了它一年的生路。我却从不去想是我走错了路，来到野棘丛生的荒地。不过，第二年这棵灌木又会从老地方重长出一棵来，还会长到这么高，长出这么多枝杈，把我铲开的路密密封死。如果几年后我从原路回来，还会被这一棵挡住。树木不像人，在一个地方吃了亏下次会躲开。树仅有一条向上的生路。我东走西走，可能越走越远，再回不到这一步。

在荒野上我遇到许多动物，有的头顶尖角，有的嘴龇利牙，有的浑身带刺，有的飞扬猛蹄，我肩扛铁锨，互不相犯。

我还碰到过一匹狼。几乎是迎面遇到的。我们在相距约二十米处同时停住。狼和我都感到突然——两个低头赶路的敌对动物猛一抬眼，发现彼此已经照面，绕过去已不可能。狼上上下下打量着我。我从头到尾注视着狼。这匹狼看上去就像一个穷叫花子，毛发如秋草黄而杂乱，像是刚从刺丛中钻出来，脊背上还少了一块毛。肚子也瘪瘪的，活像一个没支稳当的骨头架子。

看来它活得不咋样。

这样一想倒有了一点优越感。再看狼的眼睛，也似乎可怜兮兮的，像在乞求：你让我吃了吧。你就让我吃了吧。我已经几天没有吃东西了。

狼要是吃麦子，我会扔给它几捆子。要是吃饭，我会为它做一顿。问题是，狼非要吃肉。吃我腿上的肉，吃我胸上的肉，吃我胳膊上的肉，吃我脸上的肉。在狼天性的孤独中我看到它选择唯一食物的孤独。

我没看出这是匹公狼还是母狼。我没敢把头低下朝它的后裆里看，我怕它咬断我的脖子。

在狼眼中我又是啥样子呢。狼那样认真地打量着我，从头到脚，足足有半小时，最后狼悻悻地转身走了。我似乎从狼的眼神中看见了一丝失望——一个生命对另一个生命的失望。我不清楚这丝失望的全部含义。我一直看着狼翻过一座沙梁后消失。我松了一口气，放下肩上的铁锨，才发现握锨的手已出汗。

这匹狼大概从没见过扛锨的人，对我肩上多出来的这一截东西眼生，不敢贸然下口。狼放弃了我。狼是明智的。不然我的锨刃将染上狼血，这是我不愿看到的。

我没有狼的孤独。我的孤独不在荒野上，而在人群中。人们干出的事情放在这里，即使最无助时我也不觉孤独和恐惧。假若有一群猛兽飞奔而来，它会首先惊慑于荒野中的这片麦地，以及耸立在地头的高大麦垛，而后对站在麦垛旁手持铁锨的我不敢轻视。一群野兽踏上人耕过的土地，踩在人种出的作物上，也会像人步入猛兽出没的野林一样惊恐。

人们把干出的事情放在土地上。

人们把许多大事情都干完了。剩下些小事情。人能干的事情也就这么多了。

而那匹剩下的孤狼是不是人的事情。人迟早还会面对这匹狼，或者消灭或者让它活下去。

我还有多少要干的事情。哪一件不是别人干剩下的——我自己的事情。如果我把所有的活儿干完，我会把铁锨插在空地上远去。

曾经干过多少事情，刃磨短磨钝的一把铁锨，插在地上。

是谁最后要面对的事情。

五、野兔的路

上午我沿一条野兔的路向西走了近半小时，我想去看看野兔是咋生活的。野兔的路窄窄的，勉强能容下我的一只脚。要是迎面走来一只野兔，我只有让到一旁，让它先过去。可是一只野兔也没有。看得出，野兔在这条路上走了许多年，小路陷进地面有一拳深。路上撒满了黑豆般大小的粪蛋。野兔喜欢把粪蛋撒在自己的路上，可能边走边撒，边跑边撒，它不会为排粪蛋这样的小事停下来，像人一样专门找个隐蔽处蹲半天。野兔的事可能不比人的少。它们一生下来就跑，为一口草跑，为一条命跑，用四只小爪跑。结果呢，谁知道跑掉了多少。

一只奔波中的野兔，看见自己上午撒的粪蛋还在路上新鲜地冒着热气是不是很有意思。

不吃窝边草的野兔，为一口草奔跑一夜回来，看见窝边青草被别的野兔或野羊吃得精光又是什么感触。

兔的路小心地绕过一些微小东西，一棵草、一截断木、一个土块就能让它弯曲。有时兔的路从挨得很近的两棵刺草间穿过，我只好绕过去。其实我无法看见野兔的生活，它们躲到这么远，就是害怕让人看见。一旦让人看见或许就没命了。或许我的到来已经惊跑了野兔。反正，一只野兔没碰到，却走到一片密麻麻的铃铛刺旁，打量了半天，根本无法过去。我蹲下身，看见野兔的路伸进刺丛，在那些刺条的根部绕来绕去不见了。

往回走时，看见自己的一行大脚印深嵌在窄窄的兔子的小路上，突然觉得好笑。我不去走自己的大道，跑到这条小动物的路上闲逛啥，把人家的路踩坏。野兔要来来回回走多少年，才能把我的一只深脚印踩平。或许野兔一生气，不要这条路了。气再生得大点，不要这片草地了，翻过沙梁远远地迁居到另一片草地。你说我这么大的人了，干了件啥事。

过了几天，我专程来看了看这条路，发现上面又有了新鲜的小爪印，看来野兔没放弃它。只是我的深脚印给野兔增添了一路坎坷，好久都觉得不好意思。

六、对一朵花微笑

我一回头，身后的草全开花了。一大片，像谁说了一个笑话，把一摊草惹笑了。

我正躺在土坡上想事情。是否我想的事情——一个人头脑中的奇怪想法——让草觉得好笑，在微风中笑得前仰后合。有的哈哈大笑，有的半掩芳唇，忍俊不禁。靠近我身边的两朵，一朵面朝我，张开薄薄的粉红花瓣，似有吟吟笑声入耳。另一朵则扭头掩面，仍不能遮住笑颜。我禁不住也笑了起来。先是微笑，继而哈哈大笑。

这是我第一次在荒野中，一个人笑出声来。

还有一次，我在麦地南边的一片绿草中睡了一觉。我太喜欢这片绿草了，墨绿墨绿，和周围的枯黄野地形成鲜明对比。

我想大概是一个月前，浇灌麦地的人没看好水，或许他把水放进麦田后睡觉去了。水漫过田埂，顺这条干沟漫流而下。枯萎多年的荒草终于等来一次生机。那种绿，是积攒了多少年的，一如我目光中的饥渴。我虽不能像一头牛一样扑过去，猛吃一顿。但我可以在绿草中睡一觉。和我喜爱的东西一起睡一觉，做一个梦，也是满足。

一个在枯黄田野上劳忙半世的人，终于等来草木青青的一年。一小片。草木会不会等到我出人头地的一天。

这些简单地长几片叶，伸几条枝，开几瓣小花的草木，从没长高长大，没有茂盛过的草木，每年每年，从我少有笑容的脸和无精打采的行走中，看到的是否全是不景气。

我活得太严肃，呆板的脸似乎对生存已经麻木，忘了对一朵花微笑，为一片新叶欢欣和激动。这不容易开一次的花朵，难得长出的一片叶子，在荒野中，我的微笑可能是对一个卑小生命的欢迎和鼓励。就像青青芳草让我看到一生中那些还未到来的美好前景。

以后我觉得，我成了荒野中的一个。真正进入一片荒野其实不容易，荒野旷敞着，这个巨大的门让你在努力进入时不经意已经走出来，成为外面人。它的细部永远对你紧闭着。

走进一株草、一滴水、一粒小虫的路可能更远。弄懂一棵草，并不仅限于把草喂到嘴里嚼几下，尝尝味道。挖一个坑，把自己栽进去，浇点水，直愣愣站上半天，感觉到的可能只是腿酸脚麻和腰疼，并不能断定草木长在土里也是这般情景。人没有草木那样深的根，无法知道土深处的事情。人埋在自己的事情里，埋得暗无天日。人把一件件事情干完，干好，人就渐渐出来了。

我从草木身上得到的只是一些人的道理，并不是草木的道理。我自以为弄懂了它们，其实我只弄懂了自己。我不懂它们。

七、三只虫

一只八条腿的小虫，在我的手指上往前爬，爬得慢极了，走走停停，八只小爪踩上去痒痒的。停下的时候，就把针尖大的小头抬起往前望。然后再走。我看得可笑。它望见前面没路了吗，竟然还走。再走一小会儿，就是指甲盖，指甲盖很光滑，到了尽头，它若悬崖勒不住马，肯定一头栽下去。我正为这只小虫的短视和盲目好笑，它已过了我的指甲盖，到了指尖，头一低，没掉下去，竟从指头底部慢慢悠悠向手心爬去了。

这下该我为自己的眼光羞愧了，我竟没看见指头底下还有路。走向手心的路。

人的自以为是使人只能走到人这一步。

虫子能走到哪里，我除了知道小虫一辈子都走不了几百米，走不出这片草摊以外，我确实不知道虫走到了哪里。

一次我看见一只蜣螂滚着一颗比它大好几倍的粪蛋，滚到一个半坡上。蜣螂头抵着地，用两只后腿使劲往上滚，费了很大劲才滚动了一点点。而且，只要蜣螂稍一松劲，粪蛋有可能又滚下去。我看得着急，真想伸手帮它一把，却不知蜣螂要把它弄到哪。朝四周看了一圈也没弄清哪是蜣螂的家，是左边那棵草底下，还是右边那几块土坷垃中间。假如弄明白的话，我一伸手就会把这个对蜣螂来说沉重无比的粪蛋轻松拿起来，放到它的家里。我不清楚蜣螂在滚这个粪蛋前，是否先看好了路，我看了半天，也没看出朝这个方向滚去有啥好去处，上了这个小坡是一片平地，再过去是一个更大的坡，坡上都是草，除非从空中运，或者蜣螂先铲草开一条路，否则粪蛋根本无法过去。

或许我的想法天真，蜣螂根本不想把粪蛋滚到哪去。它只是做一个游戏，用后腿把粪蛋滚到坡顶上，然后它转过身，绕到另一边，用两只前爪猛一推，粪蛋骨碌碌滚了下去，它要看看能滚多远，以此来断定是后腿劲大还是前腿劲大。谁知道呢。反正我没搞清楚，还是少管闲事。我已经有过教训。

那次是一只蚂蚁，背着一条至少比它大二十倍的干虫，被一个土块挡住。蚂蚁先是自己爬上土块，用嘴咬住干虫往上拉，试了几下不行，又下来钻到干虫下面用头顶，竟然顶起来，摇摇晃晃，眼看顶上去了，却掉了下来，正好把蚂蚁碰了个仰面朝天。蚂蚁一骨碌爬起来，想都没想，又换了种姿势，像那只蜣螂那样头顶着地，用后腿往上举。结果还是一样。但它一刻不停，动作越来越快，也越来越没效果。

我猜想这只蚂蚁一定是急于把干虫搬回洞去。洞里有多少孤老寡小在等着这条虫呢。我要能帮帮它多好。或者，要是再有一只蚂蚁帮忙，不就好办多了吗。正好附近有一只闲转的蚂蚁，我把它抓住，放在那个土块上，我想让它站在上面往上拉，下面的蚂蚁正拼命往上顶呢，一拉一顶，不就上去了吗。

可是这只蚂蚁不愿帮忙，我一放下，它便跳下土块跑了。

我又把它抓回来，这次是放在那只忙碌的蚂蚁的旁边，我想是我强迫它帮忙，它生气了。先让两只蚂蚁见见面，商量商量，那只或许会求这只帮忙，这只先说忙，没时间。那只说，不白帮，过后给你一条虫腿。这只说不行，给两条。一条半。那只还价。

我又想错了。那只忙碌的蚂蚁好像感到身后有动静，一回头看见这只，二话没说，扑上去就打。这只被打翻在地，爬起来仓皇而逃。也没看清咋打的，好像两只牵在一起，先是用口咬，接着那只腾出一只前爪，抡开向这只脸上扇去，这只便倒地了。

那只连口气都不喘，回过身又开始搬干虫。我真看急了，一伸手，连干虫带蚂蚁一起扔到土块那边。我想蚂蚁肯定会感激这个天降的帮忙。没想到它生气了，一口咬住干虫，拼命使着劲，硬要把它再搬到土块那边去。

我又搞错了。也许蚂蚁只是想试试自己能不能把一条干虫搬过土块，我却认为它要搬回家去。真是的，一条干虫，我会搬它回家吗。

也许都不是。我这颗大脑袋，压根不知道蚂蚁那只小脑袋里的事情。

八、老鼠应该有一个好收成

我用一个下午，观察老鼠洞穴。我坐在一蓬白草下面，离鼠洞约二十米远。这是老鼠允许我接近的最近距离。再逼近半步老鼠便会仓皇逃进洞穴，让我什么都看不见。

老鼠洞筑在地头一个土包上，有七八个洞口。不知老鼠凭什么选择了这个较高的地势。也许是在洞穴被水淹多少次后，知道了把洞筑在高处。但这个高度它是怎样确定的。靠老鼠的寸光之目，是怎样对一片大地域的地势作高低判断的。它选择一个土包，爬上去望望，自以为身居高处，却不知这个小土包是在一个大坑里。这种可笑短视行为连人都无法避免，况且老鼠。

但老鼠的这个洞的确筑在高处。以我的眼光，方圆几十里内，这也是最好的地势。再大的水灾也不会威胁到它。

这个蜂窝状的鼠洞里住着大约上百只老鼠，每个洞口都有老鼠进进出出，有往外运麦壳和杂渣的，有往里搬麦穗和麦粒的。那繁忙的景象让人觉得它们才是真正的收获者。

有几次我扛着锨过去，忍不住想挖开老鼠的洞看看，它们到底贮藏了多少麦子。但我还是没有下手。

老鼠洞分上中下三层，老鼠把麦穗从田野里运回来，先贮存在最上层的洞穴。中层是加工作坊。老鼠把麦穗上的麦粒一粒粒剥下来，麦壳和杂渣运出洞外，干净饱满的麦粒从一个垂直洞口滚落到最下层的底仓。

每一项工作都有严格的分工，不知这种分工和内部管理是怎样完成的。在一群匆忙的老鼠中，哪一只是它们的王，我不认识。我观察了一下午，也没有发现一只背着手迈着方步闲转的官鼠。

我曾在麦地中看见一只当搬运工具的小老鼠，它仰面朝天躺在地上，四肢紧抱着两支麦穗，另一只大老鼠用嘴咬住它的尾巴，当车一样拉着它走。我走近时，拉的那只扔下它跑了，这只不知道发生了啥事，抱着麦穗躺在地上发愣。我踢了它一脚，它才反应过来，一骨碌爬起来，扔下麦穗便跑。我看见它的脊背上磨得红稀稀的，没有了毛。跑起来一歪一斜，很疼的样子。

以前我在地头见过好几只脊背上没毛的死老鼠，我还以为是它们相互撕打致死的，现在明白了。

在麦地中，经常能碰到几只匆忙奔走的老鼠，它们让我停住脚步，想想自己这只忙碌的大老鼠，一天到晚又忙出了啥意思。我终身都不会走进老鼠深深的洞穴，像个客人，打量它堆满底仓的干净麦粒。

老鼠应该有这样的好收成。这也是老鼠的土地。

我们未开垦时，这片长满苦豆和艾蒿的荒地上到处是鼠洞，老鼠靠草籽和草秆为生，过着富足安逸的日子。我们烧掉蒿草和灌木，毁掉老鼠洞，把地翻一翻，种上麦子。我们以为老鼠全被埋进地里了。当我们来割麦子的时候，发现地头筑满了老鼠洞，它们已先我们开始了紧张忙碌的麦收。这些没草籽可食的老鼠，只有靠麦粒为生。被我们称为细粮的坚硬麦粒，不知合不合老鼠的口味。老鼠吃着它胃舒不舒服。

这些匆忙的抢收者，让人感到丰收和喜悦不仅仅是人的，也是万物的。

我们喜庆的日子，如果一只老鼠在哭泣，一只鸟在伤心流泪，我们的欢乐将是多么的孤独和尴尬。

在我们周围，另一种动物，也在为这片麦子的丰收而欢庆，我们听不见它们的笑声，但能感觉到。

它们和村人一样期待了一个春天和一个漫长夏季。它们的期望没有落空。我们也没落空。它们用那只每次只能拿一支麦穗，捧两颗麦粒的小爪子，从我们的大丰收中，拿走一点儿，就能过很好的日子。而我们，几乎每年都差那么一点儿，就能幸福美满地——吃饱肚子。

九、孤独的声音

有一种鸟，对人怀有很深的敌意。我不知道这种鸟叫什么。它们常站在牛背上捉虫子吃，在羊身上跳来跳去，一见人便远远飞开。

还爱欺负人，在人头上拉屎。

它们成群盘飞在人头顶，发出悦耳的叫声。人陶醉其中，冷不防，一泡鸟屎落在头上。人莫名其妙，抬头看天上，没等看清，又一泡鸟屎落在嘴上或鼻梁上。人生气了，捡一个土块往天上扔，鸟便一只不见了。

还有一种鸟喜欢亲近人，对人说鸟语。

那天我扛着锨站在埂子上，一只鸟飞过来，落在我的锨把上，我扭头看着它，是只挺大的灰鸟。我一伸手就能抓住它。但我没伸手。灰鸟站稳后便对着我的耳朵说起鸟语，声音很急切，一句接一句，像在讲一件事，一种道理。我认真地听着，一动不动。灰鸟不停地叫了半个小时，最后声音沙哑地飞走了。

以后几天我又在别处看见这只鸟，依旧单单的一只。有时落在土块上，有时站在一截枯树枝上，不住地叫。还是给我说过的那些鸟语。只是声音更沙哑了。

离开野地后，我再没见过和那只灰鸟一样的鸟。这种鸟可能就剩下那一只了，它没有了同类，希望找一个能听懂它话语的生命。它曾经找到了我，在我耳边说了那么多动听的鸟语。可我，只是个种地的农民，没在天上飞过，没在高高的树枝上站过。我怎会听懂鸟说的事情呢。

不知那只鸟最后找到知音了没有。听过它孤独鸟语的一个人，却从此默默无声。多少年后，这种孤独的声音出现在他的声音中。

十、最大的事情

我在野地只待一个月（在村里也就住几十年），一个月后，村里来一些人，把麦子打掉，麦草扔在地边。我们一走，不管活儿干没干完，都不是我们的事情了。

老鼠会在仓满洞盈之后，重选一个地方打新洞。也许就选在草棚旁边，或者草垛下面。草棚这儿地势高，干爽，适合人筑屋鼠打洞。麦草垛下面隐蔽、安全，麦秆中少不了有一些剩余的麦穗麦粒，足够几代老鼠吃。

鸟会把巢筑在草棚上，在伸出来的那截木头上，涂满白色鸟粪。

野鸡会从门缝钻进来，在我们睡觉的草铺上，生几枚蛋，留一地零乱羽毛。

这些都是给下一年来到的人们留下的麻烦事情。下一年，一切会重新开始。剩下的事将被搁在一边。

如果下一年我们不来。下下一年还不来。

如果我们永远地走了，从野地上的草棚，从村庄，从远远近近的城市。如果人的事情结束了，或者人还有万般未竟的事业但人没有了。再也没有了。

那么，我们干完的事，将是留在这个世界上的——最大的事情。

别说一座钢铁空城、一个砖瓦村落。仅仅是我们弃在大地上的一间平常的土房子，就够它们多少年收拾。

草大概用五年时间，长满被人铲平踩瓷实的院子。草根蛰伏在土里，它没有死掉，一直在土中窥听地面上的动静。一年又一年，人的脚步在院子里走来走去，时缓时快，时轻时沉。终于有一天，再听不见了。草根试探性地拱破地面，发一个芽，生两片叶，迎风探望一季，确信再没锨来铲它，脚来踩它，草便一棵一棵从土里钻出来。这片曾经是它们的土地已面目全非，且怪模怪样地耸立着一间土房子。

草开始从墙缝往外长，往房顶上长。

而房顶的大木梁中，几只蛀虫正悄悄干着一件大事情。它们打算用七八十年，把这根木梁蛀空。然后房顶塌下来。

与此同时，风四十年吹旧一扇门上的红油漆，雨八十年冲掉墙上的一块泥皮。

厚实的墙基里，一群蝼蚁正一小粒一小粒往外搬土。它们把巢筑在墙基里，大蝼蚁在墙里死去，小蝼蚁又在墙里出生。这个过程没有谁能全部经历，它太漫长，大概要一千八百年，墙根就彻底毁了。曾经从土里站起来，高出大地的这些土，终归又倒塌到泥土里。

但要完全抹平这片土房子的痕迹，几乎是不可能。

不管多大的风，刮平一道田埂也得一百年工夫。人用旧扔掉的一只瓷碗，在土中埋三千年仍纹丝不变。而一根扎入土地的钢筋，带给土地的将是永久的刺痛。几乎没有什么东西能够消磨掉它。

除了时间。

时间本身也不是无限的。

所谓永恒，就是消磨一件事物的时间完了，这件事物还在。

时间再没有时间。

人畜共居的村庄

有时想想，在黄沙梁做一头驴，也是不错的。只要不年纪轻轻就被人宰掉，拉拉车，吃吃草，亢奋时叫两声，平常的时候就沉默，心怀驴胎，想想眼前嘴前的事儿。只要不懒，一辈子也挨不了几鞭。况且现在机器多了，驴活得比人悠闲，整日在村里村外溜达，调情撒欢。不过，闲得没事对一头驴来说是最最危险的事。好在做了驴就不想这些了，活一日乐一日，这句人话，用在驴身上才再合适不过。

做一条小虫呢，在黄沙梁的春花秋草间，无忧无虑把自己短暂快乐的一生蹦跶完。虽然只看见漫长岁月悠悠人世间某一年的光景，却也无憾。许多年头都是一样的，麦子青了黄，黄了青，变化的仅仅是人的心境。

做一条狗呢？

或者做一棵树，长在村前村后都没关系，只要不开花，不是长得很直，便不会挨斧头。一年一年地活着，叶落归根，一层又一层，最后埋在自己一生的落叶里，死和活都是一番境界。

如此看来，在黄沙梁做一个人，倒是件极普通平凡的事。大不必因为你是人就趾高气扬，是狗就垂头丧气。在黄沙梁，每个人都是名人，每个人都默默无闻。每个牲口也一样。就这么小小的一个村庄，谁还能不认识谁呢。谁和谁多少不发生点关系，人也罢牲口也罢。

你敢说张三家的狗不认识你李四。它只是叫不上你的名字——它的叫声中有一句可能就是叫你的，只是你听不懂。你也从不想去弄懂一头驴，见面更懒得抬头和它打招呼。可那驴却一直惦记着你，那年它在你家地头吃草，挨过你一锨。好狠毒的一锨，你硬是让这头爱面子的驴死后不能留一张完整的好皮。这么多年它一直在瞅机会给你一蹄子呢。还有路边泥塘中的那两头猪，一上午哼哼唧唧，你敢保证它们不是在议论你们家的事。猪夜夜卧在窗根，你家啥事它们不清楚。

对于黄沙梁，其实你不比一只盘旋其上的鹰看得全面，也不会比一匹老马更熟悉它的路。人和牲畜相处几千年，竟没找到一种共同语言，有朝一日坐下来好好谈谈。想必牲口肯定有许多话要对人说，尤其人之间的是是非非，牲口肯定比人看得清楚。而人，除了要告诉牲口“你必须顺从”外，肯定再不愿与牲口多说半句。

人畜共居在一个小村庄里，人出生时牲口也出世，傍晚人回家牲口也归圈。弯曲的黄土路上，不是人跟着牲口走便是牲口跟着人走。

人踩起的尘土落在牲口身上。

牲口踩起的尘土落在人身上。

家和牲口棚是一样的土房，墙连墙窗挨窗。人忙急了会不小心钻进牲口棚，牲口也会偶尔装糊涂走进人的居室。看上去似亲戚如邻居，却又根本不是那么回事，日子久了难免会认成一种动物。

比如你的腰上总有股用不完的牛劲。你走路的架势像头公牛，腿叉得很开，走路一摇三摆。你的嗓音中常出现狗叫鸡鸣。别人叫你“瘦狗”是因为你确实不像瘦马瘦骡子。多少年来你用半匹马的力气和女人生活和爱情。你的女人，是只老鸟了还那样依人。

数年前一个冬天，你觉得有一匹马在某个黑暗角落盯你。你有点怕，它做了一辈子牲口，是不是后悔了，开始揣摸人。那时你的孤独和无助确实被一匹马看见了。周围的人，却总以为你是快乐的，像一只无忧无虑的夏虫，一头乐不知死的驴子、猪……

其实这些活物，都是从人的灵魂里跑出来的。它们没有走远，永远和人待在一起，让人从这些动物身上看清自己。

而人的灵魂中，还有一大群惊世的巨兽被禁锢着，如藏龙如伏虎。它们从未像狗一样咬脱锁链，跑出人的心宅肺院。偶尔跑出来，也会被人当疯狗打了，消灭了。

在人心中活着的，必是些巨蟒大禽。

在人身边活下来的，却只有这群温顺之物了。

人把它们叫牲口，不知道它们把人叫啥。

与虫共眠

我在草中睡着时，我的身体成了众多小虫子的温暖巢穴。那些形态各异的小动物，从我的袖口、领口和裤腿钻进去，在我身上爬来爬去，不时地咬两口，把它们的小肚子灌得红红鼓鼓的。吃饱玩够了，便找一个隐秘处酣然而睡。

我身体上发生的这些事我一点也不知道。那天我用铁锨翻了一下午地，又饿又累。本想在地头躺一会儿再往回走，地离村子还有好几里路，我干活时忘了留点回家的力气。时值夏季，田野上虫声、蛙声、谷物生长的声音交织在一起，像支巨大的催眠曲。我的头一挨地便酣然入睡，天啥时黑的我一点不知道，月亮升起又落下我一点没有觉察。醒来时已是另一个早晨，我的身边爬满各种颜色的虫子，它们已先我而醒忙它们的事了。这些勤快的小生命，在我身上留下许多又红又痒的小疙瘩，证明它们来过了。我想它们和我一样睡了美美的一觉。有几个小家伙，竟在我的裤子里待舒服了，不愿出来。若不是瘙痒得难受我不会捉它们出来。对这些小虫来说，我的身体是一片多么辽阔的田野，就像我此刻趴在大地的这个角落，大地却不会因瘙痒和难受把我捉起来扔掉。大地是沉睡的，它多么宽容。在大地的怀抱中我比虫子大不了多少。我们知道世上有如此多的虫子，给它们一一起名，分科分类。而虫子知道我们吗？这些小虫知道世上有刘亮程这条大虫吗？有些虫朝生暮死，有些仅有几个月或几天的短暂生命，几乎来不及干什么便匆匆离去。没时间盖房子，创造文化和艺术。没时间为自己和别人去着想。生命简洁到只剩下快乐。我们这些聪明的大生命却在漫长岁月中寻找痛苦和烦恼。一个听烦世道喧嚣的人，躺在田野上听听虫鸣该是多么幸福。大地的音乐会永无休止。而有谁知道这些永恒之音中的每个音符是多么仓促和短暂。

我因为在田野上睡了一觉，被这么多虫子认识。它们好像一下子就喜欢上我，对我的血和肉的味道赞赏不已。有几只虫子，显然乘我熟睡时在我脸上走了几圈，想必也大概认下我的模样了。现在，它们在我身上留了几只看家的，其余的正在这片草滩上奔走相告，呼朋引类，把发现我的消息传播给所有遇到的同类们。我甚至感到成千上万只虫子正从四面八方朝我呼拥而来。我的血液沸腾，仿佛几十年来梦想出名的愿望就要实现了。这些可怜的小虫子，我认识你们中的谁呢，我将怎样与你们一一握手。你们的脊背窄小得签不下我的名字，声音微弱得近乎虚无。我能对你们说些什么呢？

当千万只小虫呼拥而至时，我已回到人世的一个角落，默默无闻做着一件事，没几个人知道我的名字，我也不认识几个人，不知道谁死了谁还活着。一年一年地听着虫鸣，我感到了小虫子的永恒。而我，正在世上苦度最后的几十个春秋。面朝黄土，没有叫声。

住多久才算是家

我喜欢在一个地方长久地生活下去——具体点说，是在一个村庄的一间房子里。如果这间房子结实，我就不挪窝地住一辈子。一辈子进一扇门，睡一张床，在一个屋顶下御寒和纳凉。如果房子坏了，在我四十岁或五十岁的时候，房梁朽了，墙壁出现了裂缝，我会很高兴地把房子拆掉，在老地方盖一幢新房子。

我庆幸自己竟然活得比一幢房子更长久。只要在一个地方久住下去，你迟早会有这种感觉。你会发现周围的许多东西没有你耐活。树上的麻雀有一天突然掉下一只来，你不知道它是老死的还是病死的。树有一天被砍掉一棵，做了家具或当了烧柴。陪伴你多年的一头牛，在一个秋天终于老得走不动。算一算，它远没有你的年龄大，只跟你的小儿子岁数差不多，你只好动手宰掉或卖掉它。

一般情况，我都会选择前者。我舍不得也不忍心把一头使唤老的牲口再卖给别人使唤。我把牛皮钉在墙上，晾干后做成皮鞭和皮具。把骨头和肉炖在锅里，一顿一顿吃掉。这样我才会觉得舒服些，我没有完全失去一头牛，牛的某些部分还在我的生活中起着作用，我还继续使唤着它们。尽管皮具有一天也会被磨断，拧得很紧的皮鞭也会被抽散，扔到一边。这都是很正常的。

甚至有些我认为是永世不变的东西，在我活过几十年后，发现它们已几经变故，面目全非。而我，仍旧活生生的，虽有一点衰老迹象，却远不会老死。

早年我修房后面那条路的时候，曾想到这是件千秋功业，我的子子孙孙都会走在这条路上。路比什么都永恒，它平躺在大地上，折不断、刮不走，再重的东西它都能经住。

有一年一辆大卡车开到村里，拉着一满车铁，可能是走错路了，想掉头回去。村中间的马路太窄，转不过弯。开车的师傅找到我，很客气地说要借我们家房后的路走一走，问我行不行。我说没事，你放心走吧。其实我是想考验一下我修的这段路到底有多结实。卡车开走后我发现，路上只留下浅浅的两道车轱辘印。这下我更放心了，暗想，以后即使有一卡车黄金，我也能通过这条路运到家里。

可是，在一年后的一场雨中，路却被冲断了一大截，其余的路面也泡得软软的，几乎连人都走不过去。雨停后我再修补这段路面时，已经不觉得道路永恒了，只感到自己会生存得更长久些。以前我总以为一生短暂无比，赶紧干几件长久的事业流传于世。现在倒觉得自己可以久留世间，其他一切皆如过眼烟云。

我在调教一头小牲口时，偶尔会脱口骂一句：畜生，你爷爷在我手里时多乖多卖力。骂完之后忽然意识到，又是多年过去。陪伴过我的牲口、农具已经消失了好几茬，而我还那样年轻有力、信心十足地干着多少年前的一件旧事。多少年前的村庄又浮现在脑海里。

如今谁还能像我一样幸福地回忆多少年前的事呢。那匹三岁的儿马，一岁半的母猪，以及路旁林带里只长了三个夏天的白杨树，它们怎么会知道几十年前发生在村里的那些事情呢。它们来得太晚了，只好遗憾地生活在村里，用那双没见过世面的稚嫩眼睛，看看眼前能够看到的，听听耳边能够听到的，却对村庄的历史一无所知，永远也不知道这堵墙是谁垒的，那条渠是谁挖的。谁最早蹚过河开了那一大片荒地，谁曾经乘着夜色把一大群马赶出村子，谁总是在天亮前翻院墙溜回自己家里……这一切，连同完整的一大段岁月，被我珍藏了。成了我一个人的。除非我说出来，谁也别想再走进去。

当然，一个人活得久了，麻烦事也会多一些。就像人们喜欢在千年老墙万年石壁上刻字留名以求共享永生，村里的许多东西也都喜欢在我身上留印迹。它们认定我是不朽之物，咋整也整不死。我的腰上至今还留着一头母牛的半只蹄印。它把我从牛背上掀下来，朝着我的光腰杆就是一蹄子。踩上了还不赶忙挪开，直到它认为这只蹄印已经深刻在我身上了，才慢腾腾移动蹄子。我的腿上深印着好几条狗的紫黑牙印，有的是公狗咬的，有的是母狗咬的。它们和那些好在文物古迹上留名的人一样，出手隐蔽敏捷，防不胜防。我的脸上身上几乎处处有蚊虫叮咬的痕迹，有的深，有的浅。有的过不了几天便消失了，更多的伤痕永远留在身上。而留在我心中的东西就更多了。

我背负着曾经与我一同生活过的众多生命的珍贵印迹，感到自己活得深远而厚实，却一点不觉得累。有时在半夜腰疼时，想起踩过我的已离世多年的那头母牛，它的毛色和花纹。有时走路腿困时，记起咬伤我的一条黑狗的皮，还展展地铺在我的炕上，当了多年的褥子。我成了记载村庄历史的活载体，随便触到哪儿，都有一段活生生的故事。

在一个村庄活久了，就会感到时间在你身上慢了下来。而在其他事物身上飞快地流逝着。这说明，你已经跟一个地方的时光混熟了。水土、阳光和空气都熟悉了你，知道你是个老实安分的人，多活几十年也没多大害处。不像有些人，有些东西，满世界乱跑，让光阴满世界追他们。可能有时他们也偶尔躲过时间，活得年轻而滋润。光阴一旦追上他们就会狠狠报复一顿，一下从他们身上减去几十岁。事实证明，许多离开村庄去跑世界的人，最终都没有跑回来，死在外面了。他们没有赶回来的时间。

平常我也会自问：我是不是在一个地方生活得太久了。土地是不是已经烦我了。道路是否早就厌倦了我的脚印，虽然它还不至于拒绝我走路。事实上我有很多年不在路上走了，我去一个地方，照直就去了，水里草里。一个人走过一些年月后就会发现，所谓的道路不过是一种摆设，供那些在大地上瞎兜圈子的人们玩耍的游戏。它从来都偏离真正的目的。不信去问问那些永远匆匆忙忙走在路上的人，他们找到自己的归宿了吗，没有。否则他们不会没完没了地在路上转悠。

而我呢，是不是过早地找到了归宿，多少年住在一间房子里，开一个门，关一扇窗，跟一个女人睡觉。是不是还有另一种活法，另一番滋味。我是否该挪挪身，面朝一生的另一些事情活一活。就像这幢房子，面南背北多少年，前墙都让太阳晒得发白脱皮了。我是不是把它掉个个儿，让一向阴潮的后墙根也晒几年太阳。

这样想着就会情不自禁在村里转一圈，果真看上一块地方，地势也高，地盘也宽敞。于是动起手来，花几个月时间盖起一院新房子。至于旧房子嘛，最好拆掉，尽管拆不到一根好檩子，一块整土块。毕竟是住了多年的旧窝，有感情，再贵卖给别人也会有种被人占有的不快感。墙最好也推倒，留下一个破墙圈，别人会把它当成天然的茅厕，或者用来喂羊圈猪，甚至会有人躲在里面干坏事。这样会损害我的名誉。

当然，旧家具会一件不剩地搬进新房子，柴火和草也一根不剩拉到新院子。大树砍掉，小树连根移过去。路无法搬走，但不能白留给别人走。在路上挖两个大坑。有些人在别人修好的路上走顺了，老想占别人的便宜，自己不愿出一点力。我不能让那些自私的人变得更加自私。

我只是把房子从村西头搬到了村南头。我想稍稍试验一下我能不能挪动。人们都说：树挪死，人挪活。树也是老树一挪就死，小树要挪到好地方会长得更旺呢。我在这块地方住了那么多年，已经是一棵老树，根根脉脉都扎在了这里，我担心挪不好把自己挪死。先试着在本村里动一下，要能行，我再往更远处挪动。

可这一挪麻烦事跟着就来了。在搬进新房子的好几年间，我收工回来经常不由自主地回到旧房子，看到一地的烂土块才恍然回过神。牲口几乎每天下午都回到已经拆掉的旧圈棚，在那里挤成一堆。我的所有的梦也都是在旧房子。有时半夜醒来，还当是门在南墙上。出去解手，还以为茅厕在西边的墙角。

不知道住多少年才能把一个新地方认成家。认定一个地方时或许人已经老了，或许到老也无法把一个新地方真正认成家。一个人心中的家，并不仅仅是一间属于自己的房子，而是长年累月在这间房子里度过的生活。尽管这房子低矮陈旧，清贫如洗，但堆满房子角角落落的那些黄金般珍贵的生活情节，只有你和你的家人共拥共享，别人是无法看到的。走进这间房子，你就会马上意识到：到家了。即使离乡多年，再次转世回来，你也不会忘记回这个家的路。

我时常看到一些老人，在晴朗的天气里，背着手，在村外的田野里转悠。他们不仅仅是看庄稼的长势，也在瞅一块墓地。他们都是些幸福的人，在一个村庄的一间房子里，生活到老，知道自己快死了，在离家不远的地方，择一块墓地。虽说是离世，也离得不远。坟头和房顶日夜相望，儿女的脚步声在周围的田地间走动，说话声、鸡鸣狗吠时时传来。这样的死没有一丝悲哀，只像是搬一次家。离开喧闹的村子，找个清静处待待。地方是自己选好的，棺木是早几年便吩咐儿女们做好的。从木料、样式到颜色，都是照自己的意愿去做的，没有一丝让你不顺心不满意。

唯一舍不得的便是这间老房子，你觉得还没住够，亲人们也这么说：你不该早早离去。其实你已经住得太久太久，连脚下的地都住老了，头顶的天都活旧了。但你一点没觉得自己有多么“不自觉”。要不是命三番五次地催你，你还会装糊涂活下去，还会住在这间房子里，还进这个门，睡这个炕。

我一直庆幸自己没有离开这个村庄，没有把时间和精力白白耗费在另一片土地上。在我年轻的时候、年壮的时候，曾有许多诱惑让我险些远走他乡，但我留住了自己。我做得最成功的一件事，是没让自己从这片天空下消失。我还住在老地方，所谓盖新房搬家，不过是一个没有付诸行动的梦想。我怎么会轻易搬家呢。我们家屋顶上面的天空，经过多少年的炊烟熏染，已经跟别处的天空大不一样。当我在远处，还看不到村庄，望不见家园的时候，便能一眼认出我们家屋顶上面的那片天空，它像一块补丁，一幅图画，不管别处的天空怎样风云变幻，它总是晴朗祥和地贴在高处，家安安稳稳坐落在下面。家园周围的这一窝子空气，多少年被我吸进呼出，也已经完全成了我自己的气息，带着我的气味和温度。我在院子里挖井时，曾潜到三米多深的地下，看见厚厚的土层下面褐黄色的沙子，水就从细沙中缓缓渗出。而在西边的一个墙角上，我的尿水年复一年已经渗透到地壳深处，那里的一块岩石已被腐蚀得变了颜色。看看，我的生命上抵高天，下达深地。这都是我在一个地方地久天长生活的结果。我怎么会离开它呢。

黄沙梁

一、我不知道这个村庄到底有多大

我不知道这个村庄到底有多大，我住在它的一个角上。我也不知道这个村里，到底住着多少人。天麻麻亮，人就出村劳动了。人是一个一个走掉的，谁也不知道谁去了哪里，谁也不清楚谁在为哪件事消磨着一生中的一日。村庄四周是无垠的荒野和地，地和荒野尽头是另外的村庄和荒野。人的去处大都在人一生里，人咋走也还没走出这一辈子。

一辈子里的某一天，人淹没在庄稼和草中，无声地挥动锄头，风吹草低时露一个头顶，腰背酸困时咳嗽两声。

另外一天人不在了，剩下许多个早晨，太阳出来，照着空房子。

二、早晨的人

早晨的人很不真实，恍恍惚惚的，像人从梦中回来的一个个身影。是回来干活的。

活是多少年干熟干惯的，用不着思想和意识。眼睛闭着也不会干错。错也错不到哪里，锨刃就这么宽，锄把就这么长，砍歪挖斜了也还在田间。路会一直把人引到地里。到了地里就没路了，剩下农具和人。人往手心吐一口唾沫，这个身影便动作起来，一下一下，那样地卖着劲，那样地认真持久，像在练一个姿势，一个规定好了一百年不变的动作。却不知练好了教人去干啥。仿佛地之外有一个看不见的舞台。仿佛人一生只是一场无望无休的练习和准备。

一场劳动带来另一场劳动，一群人替换掉另一群人。同一块土地翻来覆去，同一样作物，青了黄，黄了青。劳动——这永远需要擦掉重做的习题，永远地摆在面前。土地扣留了劳动者，也将要挟来他们千秋万世的后代们，生时在这片田野上劳作，死后还肥这方土。

多少个早晨，我目睹田野上影影绰绰的荷锄者，他们真实得近乎虚无。他们没有声音，也没有其他声音唤醒他们。这是群真正的劳动者，从黑暗中爬起来，操一把锨便下地干活了。

我不敢相信他们是人。

他们是影子，把更深长的影子投在大地上。

他们是从人那里回来的一个个肉身，是回来干活的。

他们没有苏醒。

三、比早晨更早的一个时辰

比早晨更早的一个时辰，残月村边，疏星屋顶，一只未成年的雏鸡，冒失地叫了两声。人迷迷糊糊醒来穿好裤子，摸一把锨就下地了。

以后的早晨人再听不到这只雏鸡的鸣叫，它可能从此默默无闻，雄气不振，一辈子在母鸡面前抬不起头。这只没长大的小公鸡，鼓了一嗓子劲，时辰没到抢吼了两声。现在它尴尬地站在暗处，听众鸡的讥笑和责骂，那是另一种方式的鸡鸣：黑暗，琐碎。一个早晨的群鸡齐鸣就这样给唱砸了。

这跟人没关系。

人不是鸡叫醒的。鸡叫不叫是鸡的事情。天亮不亮是天的事情。人心中有自己的早晨，时候到了人会自己醒来。

在大地还一片漆黑的时候，一个人心中的天悄然亮了。他爬起来，操一把农具，穿过鼾声四起的村子，来到一片地里，暗暗地干起一件事。他的心中异常明亮，要干的事清清楚楚摆在面前，根本用不着阳光月光或灯光去照亮。一个看清了一生事业的人，总是在笼罩众人的黑暗中单独地开始了行动。天亮后当人们醒来，世界的某些地方已发生了变化，一块地被翻过了，新砌的一堵土墙耸立在村里，一捆柴火堆放在院子……干活的人却不见了，他或许去做另一件事了，也可能接着睡觉去了。他自己的天早早地亮又早早地黑了。原先看得很清的一些事渐渐看不见了。也许是被自己干完了，也许活儿悄然隐匿了。他知道属于自己的活儿迟早还会出现在一生里的。

我们挥锄舞镰在阳光明媚的田野上劳动时，多少人还在遥远的梦中，干着比种地更辉煌更轻松也更荒唐的事情。在那些梦中我们一个个莫名其妙地都死了，消失了。大片大片的土地归属了他们，我们漂亮的房子、妻子和女儿留给了他们，还有钱、粮食。梦中他们制造了这样的结局，大白天见到我们，暗怀心事，神情异样。而当我们昏昏而睡时，又有多少人悄无声息地干着我们不知道的事情。某一个早晨我们睁开眼睛，村子变成另一副模样。那些早醒的人们改了路，推倒又新盖了房子，把沉睡的我们抬到一边。还重选了村长，重分了地。又像搬家具一样把我们睡着的身体挪到另一间房子的另一张床上。让我们醒来不敢相信，把眼前的现实当作一场梦，恍恍惚惚、轻轻飘飘混完一生中剩余的日子。

每次睡着都是一次人生历险啊。

村庄就是一艘漂浮在时光中的大船，你一睡着，舵便握在了别人手里，他们像运一根木头一麻袋麦子一样把你贩运到另一个日子。多么黑暗的航行啊。你的妻子儿女、牛、房子和家具都在同一条大船上，横七竖八睡在同一片月光里，互不认识。到岸后作为运费，他们从你生命中扣除一个夜晚，从你的屋墙上剥落一片泥皮，从你妻子的容颜上掠去一点美丽……你总是身不由己来到一生中的一些日子，这些日子一天比一天远离你。

四、整个白天村庄都在生长

整个白天只有老人和狗，守着空荡荡的村子。阳光一小步一小步迈过树梢和屋顶。土路朝天，晾晒着人和牲畜深深浅浅的脚印。

花花绿绿的鸡们，早早打完鸣，下完蛋，干完一天的事情，呆站在阴凉处，不知道剩下的半天咋度过去。

猪像一群大腹便便的暴发户，三五成群，凑到破墙根和烂泥塘里，你拱我的屁股，我咬你的脖子，不住地放着屁，哼哼唧唧，嚷嚷着致富的事。

狗追咬一朵像狗的云，在沙梁上狂奔。一朵云下的黄沙梁，也是时间的浮云一朵。吹散它的风藏在岁月中。

坐在土墙根打盹的老人，头点一下又点一下，这个倔强的人在岁月中变得服帖，他认了命。

整个白天村庄像一个梦景，人都到地里去了，留下一座空村。你找一个人，只能找到一院空房子，院门紧锁，或者敞开着。一个人的家闲置在光阴里，树静静站立，墙默默开裂，鸟悄悄落到屋顶又飞去。人不在时，阳光一样公平地朗照着每一个院子，不会因为谁不在家而少给谁家一束光明。

你喊一个人的名字，结果叫出一条狗。一条狗又招来好几条狗。一会儿工夫，全村的狗都会叫起来。狗是很齐心的动物，一条狗的事便是所有狗的事。没见过一条狗咬人另一条狗站着冷眼旁观。即使那些离得太远或拴在院子里不能赶来的狗，听到同类的吠叫也会远远地呼应几声，以壮狗势。

人在远远近近的地里，听到狗叫会不由得抬头朝村里张望。比人还高的庄稼和草挡住人的眼睛。人在心里嘀咕一句：是谁进了村子。而后又低下头干自己的事。谁也不会因为狗叫两声而扔下锄头跑回村里看个究竟。人们很放心地把一个村庄扔在大白天的原野上。却从不敢粗心地把一捆柴火放在夜里的屋外。他们只相信白天。白天房前屋后的树在阳光下静静地长着叶子，家畜们在树荫下纳凉。太阳晒透的厚厚土墙，一直将温暖保留到晚上。整个白天家都在生长，人们远远走开，任村庄静静长荒。

你要找的那个人，此刻就在村庄周围的某一块地里，悄无声息地干着自己的一件事。他不老也不年轻，无论你哪年哪月见到他，都是这副不变的样子。似乎生死枯荣只是草木和庄稼的事，跟他毫无关系。他的锨不快也不钝，锨把不细也不粗，干活的动作不紧也不慢。他不知道你来找他。知道了他会哪都不去在家等你，不管你找他的事多么不重要。他生活在如此偏远的一个村子，一辈子都不会有几个人来找他。

他过着一生中又一个平平常常的日子，摆在眼前的活，还和昨天一样多、一样重，也一样轻松。生活就是这样，并不因为你生活了多少年日子就会变得好过。农活更是如此，不是你干掉一件它就会少一件。活儿是干不完的，你只有慢慢地干着活把自己的一生消磨完。活儿是个好伴儿，尤其农活，每年都一样多，一样长短的季节。你不用担心哪一年的活儿会把你压得喘不过气，也别指望哪一年会让你闲得没事。活儿均匀地摊在一辈子里。除非你想把它攒堆，高高地堆在一生中的某个时期。许多人年轻时都这样，手伸得长长，把本该是好多年后干的事情统统揽到某一年里，他们自以为年轻力盛，用一年时间就能把一辈子的活儿干完。事实证明，他们忙到老都没有闲下来。

活儿是人干出来的。

有些活儿，不干也就没有了。

干起来一辈子干不完。

懂得这个道理的人，此刻正仰面朝天，躺在另一块地头的荒草中。他知道这辈子也不会有人来找他，更不会有人找到他。他在世上只活几十年，几十年一过，他啥都不管就走了。他不想揽太多的活儿，沾惹太多的事情，结交太多的人。他的锄头扔在地中，他和你要找的那个人一样，有一地玉米，地里也有锄不完的草，但他不急。草是慢慢长出来的，他要慢慢地用十年、几十年时间去锄。草很小很矮时，他会整天躺在地头，心想：等草长高些再锄它吧，草生一次也不易，就让它多长几日，把头探进风里，有花的开几朵花，没花的长几片叶，然后再锄掉它也不迟。可是，等草长到比玉米还高时，他便干脆不锄了：既然庄稼没长成，多收些草回去也不是坏事。

每天早晨，他和人们一起扛着锄头离开村子，没人知道这一天里他都干了些啥。天黑时他又混在收工的人群中回到村里。其实，即使他躺在家里睡上一年也没有人管。但他不这样，他喜欢躺在草中，静静地倾听谷物生长的声音，人和牲畜走动的声音。人寂静下来的时候，就会听到远远近近许多事物的声音。他们组合在一起，成为大地的声音，天空的声音。一个人在荒野中，静静地倾听上一年、两年，就会听上瘾，再不愿多说一句话，多走一步路。他明白了大地的和声并不缺少他这一声，却永远缺少他这样一个倾听者。

五、劳动是件荒凉的事情

劳动的人把名字放在家里出去了。

劳动不需要姓名。

那是一个人远离另一个人的孤远劳动。一村庄人远离另一村庄人。

同行的老牛不会喊出你的名字。它顶多对你哞一声，像对其他牲口那样。手中的锨只感到你逐渐消失的力气。你引水浇灌的麦田不会记住你的名字，那些在六月的骄阳下缓缓抬起头来的麦穗不会望见你，它遍地的拔节声中没有一声因你而响为你而呼。黄昏时你牵牛途经的一片坡地上，一种不知名的草正默默结束花期，它不为你开也不为你凋谢。多少年来你遇见多少次与你无关的花开花落，你默默打它们身边走过，它们不认识你。

劳动是件荒凉的事情。像四处蔓延的草，像东刮西刮的风，像风中的草屑和尘土，像只有一行脚印的路……在一个人的一生里，在一村庄人的一生里，劳动是件荒凉的事情。

隐身劳动的人，成为荒野的一部分。

人的忧郁是一棵草一只鸟的忧郁，没有名字。人的快乐是一头猪一粒虫的快乐，没有名字。秋天，粮食不会按姓名走到谁家里。粮食是一群盲者，顺着劳动之路，回到劳动者心里。

也往往错走到不劳动的人手里。

名字不是人的地址。人没有名字也能活到老。人给牲口起名，是为使唤起来方便。有名字的牲口注定要为名字劳苦一辈子。

人把所有的芦苇都叫芦苇，把所有的羊都叫羊。它们没有单个的名字。单个的名字在它们心里。人没必要知道。

试想，一株叫刘二的草生长在浩莽的草野中，他必会为名字而争风水，抢阳光，出人头地。也会为名字而孤芳自赏，离群孑立。而作为旁观者的人，永远不会从一野的风声中单独地分辨出某一株草的声音。

劳动也是一样的。

你打的粮他打的粮到秋天都会被一车拉走，入到一个大仓里。谁也不会在吞食它们时想到这一粒是张三家的麦子，那一粒是王五家的玉米。

一个人在暗处处理着自己的事情。一村庄人在暗处处理着各自的事情。这是一大片原野上的事情。

就像草，看起来每一株都孤立生长着，有各自的根、茎和叶子，有各自的长势和风姿。可是风一刮一大片都倒了，天一旱一大片都黄了，春天一到一夜都绿了。

这不是哪个人的事情。你只是一个干活的人，干着你身边手边的那一份。你在心里知道自己就行了。

你干完的活，别人不会再找到。你把它干掉了。

名字是件没啥实际用处的家什，摆设在人的一生里。一村庄人的名字就像一堆废铁，叮叮当当扔了一地。

那些一辈子没人叫两声的名字，叫不了几年便仓促扔掉的名字，无人怀念的名字，被自己弄脏又擦得锃亮的名字，牛棚一样潦草的名字……现在，都扔在村里，谁也没有跑出去。

黄昏的时候，名字对着荒野呼喊人，声音比最细微的风声还轻，直达人的内心。每个人听见的都是自己的名字。每个名字只有一个去处。

被名字呼喊的人，从黄土中缓缓抬起身，男人、女人、剩一架骨头的人，听到名字的呼唤会扔下活往家走。荒芜一天的人，此刻走在回家途中，不远处泥屋简单的家使这群劳动的人有名有姓。

没有名字的人还将无休止地埋身劳动。没有名字的人像草一样，一个季节一个季节地荒凉下去。

六、对一个村庄的认识

对于黄沙梁，我或许看不深也看不透彻，我的一生局限了我，久居乡野的孤陋生活又局限了我的一生。

可是谁又能不受局限呢。那些走遍天下学识渊博的人，不也没到过黄沙梁吗。他们熟知世间一切深奥的道理却不认得这个村里的路。

我全部的学识是我对一个村庄的见识。我在黄沙梁出生，花几十年岁月长成大人，最终老死在村里。死后肯定还是埋在村庄附近。这便注定了我生死如一地归属于这片土地，来来回回经过那块地那几间房子，低头抬头看见那一群人。生活单调得像篇翻不过去的枯涩课文，硬逼着我将它记熟、背会，印在脑海灵魂里。除了荒凉这唯一的读物，我的目光无处可栖。

我在村里住久了，便掌握了这个村庄的很多秘密。比如王家腌了几缸咸菜喂了几头驴，李家粮仓里还有几担麦子箱子里还有多少钱。夜晚走在村里，凭土地的颤动我就能断定谁家男人正往地上打桩、墙上钉橛子。分清牛和马的脚步声只需一年零六个月工夫。而黑暗中一前一后走来的两个人，极容易被误认成四条腿的驴。真正认识一个村庄很不容易，你得长久地、一生一世地潜伏在一个村庄里，全神贯注留心它的一草一木一物一事。这样到你快老的时候，才能勉强知道最基本的一点点。在村里溜达一圈走掉的人，如果幸运的话，顶多能踩走一脚牛粪。除此他们能得到什么呢。

那些季节中悠然成熟的麦子，并不为谁而熟，我们收回它们，我们并不是收获者。一年中有一次，麦子忘了回家，我们就得走好几年穷路。那些岁月中老掉的人，常老于一件事情，随便的一件事，就可消磨掉人的一辈子。想想吧，这些事情有多厉害。我不说出来你会以为什么大事耗掉了人的岁月和经历。那些看来很小的事到底有多大谁也不清楚。

我在这个村庄活了多少年，我只看见它的一个早晨，一个中午和一个黄昏，然后，我便什么都不知道了。

春天的步调

刚发现那只虫子时，我以为它在仰面朝天晒太阳呢。我正好走累了，坐在它旁边休息。其实我也想仰面朝天和它并排躺下来。我把铁锨插在地上。太阳正在头顶。春天刚刚开始，地还大片地裸露着。许多东西没有出来。包括草，只星星点点地探了个头儿，一半儿还是种子埋藏着。那些小虫子也是一半儿在漫长冬眠的苏醒中。这就是春天的步骤，几乎所有生命都留了一手。它们不会一下子全涌出来。即使早春的太阳再热烈，它们仍保持着应有的迟缓。因为，倒春寒是常有的。当一场寒流杀死先露头的绿芽儿，那些迟迟未发芽的草籽、未醒来的小虫子们便幸存下来，成为这片大地的又一次生机。

春天，我喜欢早早地走出村子，雪前脚消融，我后脚踩上冒着热气的荒地。我扛着锨，拿一截绳子。雪消之后荒野上会露出许多东西：一截干树桩，半边埋入土中的柴火棍……大地像突然被掀掉被子，那些东西来不及躲藏起来。草长高还得些时日。天却一天天变长。我可以走得稍远一些，绕到河湾里那棵歪榆树下，折一截细枝，看看断茬处的水绿便知道它多有生气，又能旺势地活上一年。每年春天我都会最先来到这棵榆树下，看上几眼。它是我的树。那根直端端指着我们家房顶的横杈上少了两根细枝条，可能入冬后被谁砍去当筐把子了。上个秋天我爬在树上玩时就发现它是根好筐把子，我没舍得砍。再长粗些说不定是根好锨把呢。我想。它却没能长下去。

我无法把一棵树、树上的一根直爽枝条藏起来，让它秘密地为我一个人生长。我只藏埋过一个西瓜，它独独地为我长大、长熟了。

发现那棵西瓜时它已扯了一米来长的秧，根上结了拳头大的一个瓜蛋，梢上还挂着指头大的两个小瓜蛋。我想是去年秋天挖柴的人在这儿吃西瓜吐的籽。正好这儿连根挖掉一棵红柳，土虚虚的，很肥沃，还有根挖走后留下的一个小蓄水坑，西瓜便长了起来。

那时候雨水盈足，荒野上常能看见野生的五谷作物：牛吃进肚子没消化掉又排出的整粒苞米，鸟飞过时一松嘴丢进土里的麦粒、油菜籽，鼠洞遭毁后埋下的稻米、葵花籽……都会在春天发芽生长起来。但都长不了多高又被牲畜、野动物啃掉。

这个西瓜迟早也会被打柴人或动物发现。他们不会等到瓜蛋子长熟便会生吃了它。谁都知道荒野中的一个瓜你不会第二次碰见。除非你有闲工夫，在这个西瓜旁搭个草棚住下来，一直守着它长熟。我倒真想这样去做。我住在野地的草棚中看守过几个月麦垛，也替大人看守过一片西瓜地。在荒野中搭草棚住下，独独地看着一个西瓜长大这件事，多少年后还在我的脑子想着。我却没做到。我想了另外一个办法：在那个瓜蛋子下面挖了一个坑，让瓜蛋吊进去。用木棍、草叶和土小心地把坑顶封住。把秧上另两个小瓜蛋掐去。秧头打断，不要它再张扬着长。让人一看就知道这是一截啥都没结的西瓜秧，不会对它过多留意。

此后的一个多月里，我又来看过它三次。显然，有人和动物已经来过，瓜秧旁有新脚印。一只圆形的牛蹄印，险些踩在我挖的坑上。有一个人在旁边站了好一阵儿，留下一对深脚印。他可能不太相信自己的眼睛，还蹲下用手拨了拨西瓜叶——这么粗壮的一截瓜秧，怎么会没结西瓜呢。

又过了一些日子，我估摸着那个瓜该熟了。大田里的头茬瓜已经下秧。我夹了条麻袋，一大早悄悄溜出村子。当我双手微颤着扒开盖在坑顶的土、草叶和木棍——我简直惊住了，那么大一个西瓜，满满地挤在土坑里。抱出来发现它几乎是方的。我挖的坑太小，太方正，让它委屈地长成这样。

当我把这个瓜背回家，家里人更是一片惊喜。他们都不敢相信这个怪模怪样的东西是一个西瓜。它咋长成这样了。

出河湾向北三四里，那片低洼的荒野中蹲着另一棵大榆树，向它走去时我怀着一丝的幻想与侥幸：或许今年它能活过来。

这棵树去年春天就没发芽。夏天我赶车路过它时仍没长出一片叶子。我想它活糊涂了，把春天该发芽长叶子这件事忘记了。树老到这个年纪就这样，死一阵子活一阵子。有时我们以为它死彻底了，过两年却又从干裂的躯体上生出几条嫩枝，几片绿叶子。它对生死无所谓了。它已长得足够粗。有足够多的枝杈，尽管被砍得剩下三两个。它再不指点什么。它指向的绿地都已荒芜。在荒野上一棵大树的每个枝杈都指示一条路。有生路有死路。会看树的人能从一棵粗壮枝杈的指向找到水源和有人家的住居地。

这片土地上的东西已经不多了：树、牲畜、野动物、人、草地，少一个我便能觉察出。我知道有些东西不能再少下去。

每年春天，让我早早走出村子的，也许就是那几棵孤零零的大榆树、洼地里的片片绿草，还有划过头顶的一声声鸟叫——鸟儿们从一棵树，飞向远远的另一棵。飞累了，落到地上喘气……如果没有了它们，我会一年四季待在屋子里，四面墙壁，把门和窗户封死。我会不喜欢周围的每一个人。恨我自己。

在这个村庄里，人可以再少几个，再走掉一些。那些树却不能再少了。那些鸟叫与虫鸣再不能没有。

在春天，有许多人和我一样早早地走出村子，有的扛把锨去看看自己的地。尽管地还泥泞。苞谷茬端扎着。秋收时为了进车平掉的一截毛渠、一段埂子，还原样地放着。没什么好看的，却还是要绕着地看一圈子。

有的出去拾一捆柴背回来。还有的人，大概跟我一样没什么事情，只是想在冒着热气的野外走走。整个冬天冰封雪盖，这会儿脚终于踩在松软的土上了。很少有人在这样的天气窝在家里。春天不出门的人，大都在家里生病。病也是一种生命，在春天暖暖的阳光中苏醒。它们很猛地生发时，村里就会死人。这时候，最先走出村子挥锨挖土的人，就不是在翻地播种，而是挖一个坟坑。这样的年成命定亏损。人们还没下种时，已经把一个人埋进土里。

在早春我喜欢迎着太阳走。一大早朝东走出去十几里，下午面向西逛荡回来，肩上仍旧一把锨一截绳子。有时多几根干柴，顶多三两根。我很少捡一大捆柴压在肩上，让自己弓着背从荒野里回来——走得最远的人往往背回来的东西最少。

我只是喜欢让太阳照在我的前身。清早，刚吃过饭，太阳照着鼓鼓的肚子，感觉嚼碎的粮食又在身体里葱葱郁郁地生长。这时我才体会到阳光普照这个词。

我注意到牛在春天吃草时喜欢屁股对着太阳。驴和马也这样。狗爱坐着晒太阳。老鼠和猫也爱后腿叉开坐在地上晒太阳。

我同样能体会到这只常年爬行、腹部晒不到太阳的小甲壳虫，此刻仰面朝天躺在地上的舒服劲儿。一个爬行动物，当它想让自己一向阴潮的腹部也能晒上太阳时，它便有可能直立起来，最终成为智慧动物。仰面朝天是直立动物享乐的特有方式。一般的爬行动物只有死的时候才会仰面朝天。

这样想时突然发现这只甲壳虫朝天蹬腿的动作有些僵滞，像在很痛苦地抽搐。它是否快要死了。我躺在它旁边。它就在我头边上。我侧过身，用一个小木棍拨了它一下，它正过身来，光滑的甲壳上反射着阳光，却很快又一歪身，仰面朝天躺在地上。

我想它是快要死了。不知什么东西伤害了它。这片荒野上一只虫子大概有两种死法：死于奔走的大动物蹄下，或死于天敌之口。还有另一种死法——老死，我不太清楚。在小动物中我只认识老蚊子。其他的小虫子，它们的死太微小，我看不清。当它们在地上走来奔去时，我确实弄不清哪个老了，哪个正年轻。看上去它们是一样。

老蚊子朝人飞来时往往带着很大的嗡嗡声。飞得也不稳，好像一只翅膀有劲，一只没劲。往人皮肤上落时腿脚也不轻盈，很容易让人觉察，死于一巴掌之下。

一次我躺在草垛上想事情，一只老蚊子朝我飞过来，它的嗡嗡声似乎把它吵晕了，绕着我转了几圈才落在手臂上。落下了也不赶紧吸血，仰着头，像在观察动静，又像在大口喘气。它犹豫不定时，已经触动我的一两根汗毛，若在晚上我会立马一巴掌拍在那里。可这次，我懒得拍它。我的手正在远处干一件想象中的美妙事情。我不忍将它抽回来。况且，一只老蚊子，已经不怕死，又何必置它于死地。再说我一挥手也耗血气，何不让它吸一点血赶紧走呢。

它终于站稳当了。它的小吸血管可能有点钝，它往下扎了一下，没扎进去，又抬起头，猛扎了一下。一点细微的疼。是我看见的。我的身体不会把这点细小的疼传到心里。它在我疼感不知觉的范围内吸吮鲜血。那是我可以失去的。我看见它的小肚子一点点红起来，皮肤才有了点痒，我下意识抬起手，做挥赶的动作。它没看见，还在不停地吸，半个小肚子都红了。我想它该走了。我也只能让它吸半肚子血。剩下的到别人身上去吸吧。再贪嘴也不能叮住一个人吃饱。这样太危险。可它不害怕，吸得投入极了。我动了动胳膊，它翅膀扇了一下，站稳身体，丝毫没影响嘴的吮吸。我真恼了，想一巴掌拍死它，又觉得那身体里满是我的血，拍死了可惜。

这会儿它已经吸饱了，小肚子红红鼓鼓的，我看见它拔出小吸管，头晃了晃，好像在我的一根汗毛根上擦了擦它吸管头上的血迹，一蹬腿飞起来。飞了不到两拃高，一头栽下去，掉在地上。

这只贪婪的小东西，它拼命吸血时大概忘了自己是只老蚊子了。它的翅膀已驮不动一肚子血。它栽下去，立马就死了。它仰面朝天，细长的腿动了几下，我以为它在挣扎，想爬起来再飞。却不是。它的腿是风吹动的。

我知道有些看似在动的生命，其实早死亡了。风不住地刮着它们，从一个地方，到另一个地方，再回来。

这只甲壳虫没有马上死去。它挣扎了好一阵子了。我转过头看了会儿远处的荒野、荒野尽头的连片沙漠，又回过头，它还在蹬腿，只是动作越来越无力。它一下一下往空中蹬腿时，我仿佛看见一条天上的路。时光与正午的天空就这样被它朝天的小细腿一点点地西移了一截子。

接着它不动了。我用小棍拨了几下，仍没有反应。

我回过头开始想别的事情。或许我该起来走了。我不会为一只小虫子的死去悲哀。我最小的悲哀大于一只虫子的死亡。就像我最轻的疼痛在一只蚊子的叮咬之外。

我只是耐心地守候过一只小虫子的临终时光，在永无停息的生命喧哗中，我看到因为死了一只小虫而从此沉寂的这片土地。别的虫子在叫。别的鸟在飞。大地一片片明媚复苏时，在一只小虫子的全部感知里，大地暗淡下去。

野地上的麦子

好几年，我们没收上野地上的麦了。有一年老鼠先下了手，村里人吆着车提着镰刀赶到野地时，只看见一地端扎的没头的光麦秆，穗全不见了。有两年麦子黄过了头，大风把麦粒摇落在地，黄灿灿一层，我们下镰时麦穗已轻得能飘起来。

麦子在大概的月份里黄熟，具体哪天黄熟没人能说清楚，由于每年的气候差异和播种时间的早几天晚几天。还由于人的记忆。好多年的这个月份混在一起，人过着过着，仿佛又回到曾经的一些年月里，经过的事情又原原本本出现在眼前。人觉得不对劲。又觉得没什么不对劲。麦子要熟了，每年要熟一次。仿佛还是去年前年被人割倒的那些麦子，又从黑暗中爬了起来，一步一步走到这个月份里。

那时正值玉米长到一人高，棉花和黄豆也都没膝，村子被高高矮矮的庄稼围着，连路上都长出草和粮食。

一条路隔段时间没人走，掉在路上的麦粒、玉米粒、草籽……就会在一场雨后迅速发芽，生长起来。路上的土都很肥沃，牲口边走边撒的粪尿，一摇一晃的牛车上掉下的肥料和草，人身上抖下的尘垢，凡从路上拉来运去的东西，没一样不遗落一些在路上。春播一过路往往会空一阵子，有些路就是专门通向一块地，这块地里的活干完了，路也就没人走了。等过上一两个月，人再去这块地里忙活，才发现路上已长满了作物，有麦子、玉米、黄豆，还有已经结上小瓜蛋子的西瓜秧，整个路像一条绿龙，弯弯曲曲伸到人要去的那地方。人在路头愣望一阵，想他们麻袋上的小洞、车厢底的细缝，咋会漏掉这么多种子。人实在不忍心踏上去，只好沿路边再走出一条新路。

麦子成熟的香味就在这个时候顺风飘来，先是村西边的人闻到。麦子快要熟了。嗯，是麦子熟了。打镰刀的王铁匠锤停在半空，愣了一下，麦香飘过他的铁炉的一瞬被烤熟了，像吃了口新麦锅盔的感觉。编筐的张五突然停住正编的一根榆树条，抬头朝天上望。麦子已经熟了，快给村长说说去，该安排人割麦子了。

正往车上装羊粪的韩三扔掉铁叉快步朝村东边走去，新麦的清香拨开浓浓的羊粪味钻进他的鼻孔里。他刚迈出两步，风已经翻过一家家房顶把麦香刮到村东头，全村人都闻到麦香了。

这时候，村长就会派一个人骑马去野地走一趟，看看麦子黄到了几成，哪天下镰合适，以便安排劳力。

有一年人们闻着麦香走向野地，全村一百五十多个劳力，十几辆大车，浩浩荡荡走了一整天，天黑透走到野地，连夜在地头搭棚、支炉灶、挖地窝子。人马疲困已极。第二天一早，人们醒来一看，麦子还青着，只黄了一点麦芒。

麦子成熟的气息依旧弥漫在空气里。是哪一块麦地熟了。有人站在车上，有人爬上棚顶，朝四下里张望。肯定有一块麦子已经熟透了。谁也不知道这块麦地在哪里。仿佛是去年前年随风飘远的阵阵麦香，被另一场相反的风刮了回来，又亲切又熟悉。

人们住下来等麦子黄熟。

也就几天就能下镰了。节气已经到了，麦子不黄也说不过去。最多三五天吧，回去屁股坐不稳又得再来。

人们等到第五天，麦子还没黄。

第三天的大太阳，本来已经把麦穗催黄了，可是天黑前下了一场雨，一夜过去，麦子又返青了，跟刚来时一模一样。

第六天上午，磨利的镰刀刃已开始生锈，带来的粮食清油也吃掉八九成。人们拆掉窝棚，把米面锅灶又搬到车上。那天天气燥热，天上没一朵云，太阳照到每一片叶子上。一百五十多人，十几辆马车，浩浩荡荡往回走。麦子在他们离去的背影里，迅速地黄透了。

村长马缺也闻到了麦香，每当这个节气村长马缺都格外操心，一有点儿风就把鼻子伸长用心地吸几口气。

有一年，也是这个月份，大早晨，树轻轻晃动，马路上几头牛踩起的土，缓缓向东飘浮，牛也朝东边走，踩起的土远远跑到它们前头。村长马缺站在路边上，鼻子伸进风里，吸了两下，又吸了两下。

什么地方着火了。不像是炊烟的气味。

村长马缺赶紧爬上房，踮起脚尖朝西边望。早晨的炊烟，像一片树林一样挡住视线。炊烟全朝东边弯。村长马缺第一次感到这个村子的炊烟这么稠密，要望过去都有点费力。

村长马缺下了房，快步走到村西头，站到一个粪堆上朝西边望，鼻子一吸一吸地闻了好一阵。是一股很远处的烟火味。它穿过天空和荒野时烟味变薄变旧了，还沾染了些野草、尘沙和云的气息。好像还飘过村里种在西边野滩上的麦地，粘带了些麦粒灌浆时溢出的青郁香气。

什么东西在远处烧掉了。村长马缺在心里嘀咕。

那以后村长马缺时常在梦中看见一场大火，呼呼地烧着，四处都是火，浓烟滚滚。他辨不清那场火在什么地方。村长马缺一直在担心野地上的麦子，会在哪一天烧着。麦子熟透了会自己着。有时远远的一粒火，甚至一颗流星都能把七月的麦地点着。

村长马缺没有把这种担心告诉别人，他一直一个人在心里害怕着一场没烧着的大火。

野地上着过一次火，是在老早，村长马缺出生以前。村里王家（也许是刘家）一头牛不想干活，跑到野地里。那头牛左肩胛一块皮磨烂了，好不容易咬牙熬到春耕完，牛本指望春闲时皮能长好。可是伤口化脓了，不住往外流脓水，成群的苍蝇在伤口处叮咬，作蛹。紧接着又是田管、中耕、拉肥料，牛肩胛疼得厉害，站着不走又要挨鞭子，牛实在熬不下去，便在一个夜晚挣脱缰绳跑掉了。人跟着牛蹄印追到野地，眼前一大片荒草灌木，浩浩莽莽，在里面转了半天，差点把自己丢了。人爬到一棵树上喊，嗷嗷地叫，牛死活不出来。

秋天，人又去了野地，在金黄一片的草木中发现牛的蹄印和粪，说明牛还在里面，找了大半天，野地太大草太深，根本看不见牛的影子。人跑到草滩另一头，放了把火，想把牛烧出来。火着了三天三夜，烟灰顺风刮到村里，房顶院子落了一层。

到底把牛烧出来没有。由于时间久了，许多关于前辈人的故事大都是这样剩下半截子。要再说下去就得瞎编。可是，生活中有意思的事一件接一件，真人真事都说不完，谁有闲工夫瞎编故事呢。直到现在，多少年过去了，越来越多的半截子故事被扔在村里，没人理识。我也懒得回想。光我自己的事情就够我说大半辈子，我哪顾得上说别人呢。

那年派去探麦的人是刘榆木。这是个啥活都不干的人，整天披一件黑上衣蹲在破墙头上，像个驼背的鸟似的，有时他面朝西双手支着头一看就是大半天，有时尻子对着南边一蹲又是一下午。我们都不知道他在看啥。到底看见了啥。

一个人要是啥都不干，一天到晚盯着一个小地方看上一辈子，肯定能看出些名堂。但我们又不愿意相信刘榆木会看出啥名堂。

他是个懒人，不会比我们知道更多的事情。我们想。

早先刘榆木喜欢蹲在旧马号圈墙上，那堵墙又高又厚实，蹲在上面哪都能看见。后来那堵墙倒了。听人说是刘榆木家里人嫌他啥活不干整日蹲在墙上，气愤地把那堵墙放倒了。后来刘榆木蹲到靠马路的半堵破羊圈墙上。那堵墙矮一些，也单薄，却一直不倒。

谁也使唤不动刘榆木。他家每年收多少粮，种几亩地他从来不管不问。到吃饭的时候他就从墙上跳下来，拍一把屁股上的土，很准时地回到家里。听人说他看着烟囱里冒出来烟就知道家里做什么饭，饭啥时候做熟。

谁家有急事找刘榆木帮忙，他总是一甩头，丢一句“关我的球事”，便再不理人家。

村长马缺也没想到要使唤刘榆木，他从粪堆上下来，想着派谁去野地看看，一扭头看见蹲在墙头上的刘榆木。

“刘榆木，给你派个活，到野地去看看麦子熟了没有。”

“麦子熟不熟关我的球事。”刘榆木头一甩，不理村长了。

村长马缺瞪了刘榆木几眼，正要走开，又突然回过头。

“给你一匹马，你就把马当成这堵墙骑着，边走边看，也不耽误你看事情，只要把麦子熟没熟给我看回来就行了。”

这一年村里又没收上麦子。去晚了几天，麦子黄焦在地里。

派去探麦的刘榆木根本没去野地。他骑马从村西边出去，在村外绕了一圈，绕到村东头，打马朝沙湾镇奔去了。

他去沙湾镇其实也没啥事情。只是他觉得去野地看麦子更没意思。有啥看的，掰指头一算就知道麦子熟没熟。节气到了麦子肯定会熟。时候不到再看麦子还是青的。刘榆木许多年不问地里的事，他已经不知道地开始变得不守节气。好像太阳绕着地转晕了，该熟时不熟，不该熟早熟的事多了。只是这些事又关刘榆木的啥球事。

天快黑时，刘榆木打马绕到村西头，一摇一晃走进村，给村长马缺丢下一句“还早呢，再有十天才能熟”便转身回家去了，再不理识村长的追问。

其实刘榆木也没走到沙湾镇。沙湾镇比野地更远，去了再赶回来非得走到第二天早晨。他只是走到了自己蹲在墙头上远望时的目光尽头，又朝前望了一阵子就调转马头回来了。

这两截子目光接起来，足足有六十公里。这大概是村里最长远的目光了。刘榆木想。

村长马缺也没完全信刘榆木的话，他总觉得这个整日蹲在墙头上身子悬在半空里的人不太踏实。没等到十天，也就过了七八天吧，村长马缺便带着人马下野地了。结果还是晚来许多天，麦粒几乎全落到地上，又准备发芽长下一茬麦子了。

事后人们埋怨村长马缺，不该把探麦这么重要的事交给懒汉刘榆木。村长马缺辩解说，我总不能让铁块烧红正要打一把镰刀的王铁匠扔下锤子去野地吧。也不能叫水淌在地里正浇苞谷的韩拐子收了水口子去探麦吧。更不能让我村长马缺丢下一村子的事亲自跑去看麦子吧。况且，也不是件啥难事。又不用他的手，也不用他的腿和脑子。只用用他的眼睛，看一下麦子黄了没有。刘榆木不是爱支着头傻看吗。看不正是他的特长吗。

不管怎么说，那年野地上的活又白干了。刘榆木依旧蹲在那截墙头上，像啥事没发生。又一年，我们踏着泥泞春播时从他眼皮底下走过。秋天拉着苞谷回来时从他尻子后面过去。我们懒得理这个人。没心思跟他搭腔说话。他也不理识我们。有些时候我们已经把他当成一个没用的榆木疙瘩。

这样过了几年，又是几年，一切都没有变化。我们还是一样春忙秋忙，夏天也闲不住。刘榆木也还是蹲在破墙头上，像个更加驼背的鸟，只是头发和胡子更苍白蓬乱，衣服更脏旧。低头看看我们自己，也好不到哪去。有时我想，仅仅因为刘榆木少干了些活，就把他看成跟我们不一样的人，这样做是不是合适。

原来我们都认为，一个人没事干就会荒芜掉。还是在好多年前，我们就说刘榆木这一辈子完了，荒掉了。说这些话时我们似乎看见荒草淹没到了刘榆木的脖子根。刘榆木没黑没明地在荒草中奔走，走完一年，下一年还是满当当的荒草，下下一年的荒草仍旧淹没到刘榆木的脖子根。这个人最后就叫荒草吃掉了。我们说。

后来我们发现其实荒草根本没不到刘榆木的脖子根，连他的脚跟都没不到。刘榆木蹲在墙头上。倒是我们这些忙人没明没黑地在荒草中找寻粮食。我们以为不让地荒掉，自己的一辈子就不会荒掉。现在看来，长在人一生中的荒草，不是手中这把锄头能够除掉的。在心中养育了多年的那些东西，和遍野的荒草一样，它枯黄的时候，是不大在乎谁多长了几片叶少结了几颗果的。

心地才是最远的荒地，很少有人一辈子种好它。

那以后野地种没种麦子我记不清了。大概撂荒了几年。村里的事突然多起来，有些人长大了，有些人长老了，乱哄哄的，人再顾不上远处。

又过了些年，有一户人家搬到野地上。“他在村里住烦了。”我听人这么说。却想不起这户人家烦的时候啥样子，不烦时又是啥样子。他们家住在最东头，西北风一来，全村的土和草叶都刮到他家院子里。牛踩起的土，狗和人踩起的土，老鼠打洞刨出的土，全往他们一家人身上落。

人和牲口放的屁，一个都没跑掉，全顺风钻进他们一家人鼻孔里。

他一生气搬到了野地上。那地方是上风。

我都忘了那户人家姓什么了，也没想过我们踩起的土会全落到这一户人家的院子。我们住在上风，刮风时从不知道把脚放轻些。这户人家搬走后我似乎懂得了一些事情，现在，又忘得差不多了。时间一久，许多事情只剩下一个干骨架子。况且，又刮了许多场风，村里也没一个人闻到住在野地上风处的那户人家放的屁，也没看见哪粒沙尘是他们家牲口故意踩起来眯我们的。

再后来，又有几户人家搬到野地，在那地方凑成一个小村子，村名叫野户地。

现在，我们生活的村子再没有野地可种了。

没有野地可种的那些年，麦子成熟的香味依旧在那时候顺风飘来，人们往往被迷惑，禁不住朝野地的方向望一阵。村长马缺依旧会闻到一股浓浓的什么东西烧着了的烟火味。他依旧会站在村西头的粪堆上眺望一阵。在他身后的破土墙上，刘榆木依旧像个驼背的鸟一样蹲着。

村长马缺如果站得稍远些，站在西边或北边那道沙梁上朝村里望一眼，他就会看见梦中的那场大火，其实一直在村子里燃烧着。村长马缺从没有跑到远处看一眼村子。

村里人也从不知道自己一直在燃烧。

这一村庄人的火焰，在夜晚蹿出房顶几丈高。他们的烟，一缕一缕，冒到村庄上头，被风刮散，灰烬落入荒野和院子里。

他们熄灭了也不知道自己熄灭了。

我因为后来离开村子，在远处看见这一村庄人的火焰。看见他们比熄灭还要寂静的那一场燃烧。我像一根逃出火堆的干柴，幸运而孤单地站在远处。一根柴火看见一堆柴火慢慢被烧掉，然后熄灭。它自己孤单地朽掉，被别处的沙土掩埋。就这些。

风中的院门

我知道哪个路口停着牛车，哪片洼地的草一直没有人割。黄昏时夕阳一拃一拃移过村子。我知道夕阳在哪堵墙上照的时间最长。多少个下午，我在村外的田野上，看着夕阳很快地滑过一排排平整的高矮土墙，停留在那堵裂着一条斜缝、泥皮脱落的高大土墙上。我同样知道那个靠墙根晒太阳的老人她弥留世间的漫长时光。她是我奶奶。天黑前她总在那个墙根等我，她担心我走丢了，认不得黑路。可我早就知道天从哪片地里开始黑起，夜晚哪颗星星下面稍亮一些，天黑透后最黑的那一片就是村子。再晚我也能回到家里。我知道那扇院门虚掩着，刮风时院门一开一合，我站在门外，等风把门刮开。我一进去，风又很快把院门关住。

炊烟是村庄的根

当时在刮东风，我们家榆树上的一片叶子，和李家杨树上一片叶子，在空中遇到一起，脸贴脸，背碰背，像一对恋人和兄弟，在风中欢舞着朝远处飞走了。它们不知道我父亲和李家有仇。它们快乐地飘过我的头顶时，离我只有一膀子高，我手中有根树条就能打落它们。可我没有。它们离开树离开村子满世界转去了。我站在房顶，看着满天空的东西向东飘移，又一个秋天了，我的头愣愣的，没有另一颗头在空中与它遇到一起。

如果大清早刮东风，那时空气潮湿，炊烟贴着房顶朝西飘。清早柴火也潮潮的，冒出的烟又黑又稠。在沙沟沿新户人家那边，张天家的一溜黑烟最先飘出村子，接着王志和家一股黄烟飘出村子。烧碱蒿子冒黄烟，烧麦草和苞谷秆冒黑烟，烧红柳冒紫烟、梭梭柴冒青烟、榆树枝冒蓝烟……村庄上头通常冒七种颜色的烟。

老户人家这边，先是韩三家、韩老二家、张桩家、邱老二家的炊烟一挨排出了村子。路东边，我们家的炊烟在后面，慢慢追上韩三家的炊烟，韩元国家的炊烟慢慢追上邱老二家的炊烟，冯七家的炊烟慢慢追上张桩家的炊烟。

我们家烟囱和韩三家烟囱错开了几米，两股烟很少相汇在一起，总是并排各走各的，飘再远也互不理识。韩元国和邱老二两家的烟囱对个正直，刮正风时不是邱老二家的烟飘过马路追上韩元国家的，就是韩元国家的烟越过马路追上邱老二家的，两股烟死死缠在一起，扭成一股朝远处飘。

早先两家好的时候，我听见有人说，你看这两家好得连炊烟都缠抱在一起。后来两家有了矛盾，炊烟仍旧缠抱在一起。韩元国是个火爆脾气，他不允许自家的孩子和邱老二家的孩子一起玩，更不愿意自家的炊烟与仇家的纠缠在一起，他看着不舒服，就把后墙上的烟囱捣了，挪到了边墙上。再后来，我们家搬走的前两年，那两家又好得不得了了，这家做了好饭隔着路喊那家过来吃，那家有好吃的也给这家端过去，连两家的孩子间都按大小叫哥叫弟。只是那两股子炊烟，再走不到一起了。

如果刮一阵乱风，全村的炊烟像一头乱发绞缠在一起。麦草的烟软梭梭柴的烟硬，碱蒿子的烟最呛人。谁家的烟在风中能站直，谁家的烟一有风就趴倒，这跟所烧的柴火有关系。

炊烟是村庄的头发。我小时候这样比喻。大一些时我知道它是村庄的根。我在滚滚飘远的一缕缕炊烟中，看到有一种东西被它从高远处吸纳了回来，丝丝缕缕地进入每一户人家的每一口锅底、锅里的饭、碗、每一张嘴。

夏天的早晨我从草棚顶上站起来，我站在缕缕炊烟之上，看见这个镰刀状的村子冒出的烟，在空中形成一把巨大无比的镰刀，这把镰刀刃朝西，缓慢而有力地收割过去，几百个秋天的庄稼齐刷刷倒了。

捉迷藏

我从什么时候离开了他们——那群比我大好几岁的孩子，开始一个人玩。好像有一只手把我从他们中间强拉了出来，从此再没有回去。

夜里我躺在草垛上，听他们远远近近的喊叫。我能听出那是谁的声音。他们一会儿安静，一会儿一阵吵闹，惹得村里的狗和驴也鸣叫起来。村子四周是黑寂寂的荒野和沙漠。他们无忌的喊叫使黑暗中走向村子的一些东西远远停住。我不知道那是些什么东西，是一匹狼、一群乘夜迁徙的野驴、一窝老鼠。或许都不是。但它们停住了。另一些东西闻声潜入村子，悄无声息地融进墙影尘土里，成为村子的一部分。

那时大人们已经睡着。睡不着的也静静躺着。大人们很少在夜里胡喊乱叫，天一黑就叫孩子回来睡觉。“把驴都吵醒了。驴睡不好觉，明天咋拉车干活。”他们不知道孩子们在黑夜中的吵闹对这个村子有啥用处。

我那时也不知道。

许多年后的一个长夜，我躺在黑暗中，四周没有狗叫驴鸣，没一丝人声，无边的黑暗压着我一个人，我不敢出声。呼吸也变成黑暗的，仿佛天再不会亮。我睁大眼睛，无望地看着自己将被窒息。这时候，一群孩子的喊叫声远远响起，越来越近、越来越近。

他们在玩捉迷藏游戏。还是那一群孩子。有时从那堆玩泥巴的尕小子中加进来几个，试玩两次，不行，又回去玩你的尿泥。捉迷藏可不是谁都能玩的。得机灵。“藏好了吗？”“藏好了。”喊一声就能诈出几个傻小子。天黑透了还要能自己摸回家去。有时也会离开几个，走进大人堆里再不回来。

夜夜都有孩子玩，夜夜玩到很晚。有的玩着玩着一歪身睡着，没人叫便在星光月影里躺一夜。有时会被夜里找食吃的猪拱醒，迷迷糊糊起来，一头撞进别人家房子。贼在后半夜才敢进村偷东西。野兔在天亮前那一阵子才小心翼翼钻进庄稼地，咬几片青菜叶，留一堆粪蛋子。也有孩子玩累了不想回家，随便钻进草垛柴堆里睡着。有人半夜出来解手，一蹲身，看见墙根阴影里躺着做梦的人，满嘴胡话。夜再深，狗都会出来迎候撒尿的主人，狗见主人尿，也一撇腿，撒一股子。至少有两个大人睡在外面。一个看麦场的李老二,一个河湾里看瓜的韩老大。孩子们的吵闹停息后两个大人就会醒来。一个坐在瓜棚，一个躺在粮堆上。都带着狗。听见动静人大喝一声，狗狂叫两声。都不去追。他们的任务只是看住东西。整个村子就这两样东西有人看着。孩子们一散，许多东西扔在夜里。土墙一夜一夜立在阴影里，风飕飕地从它身上刮走一粒一粒土。草垛在棚顶上暗暗地下折了一截子。躺在地上的一根木头，一面黑一面白，像被月光剖开，安排了一次生和死的见面。立在墙边的一把锨，搭在树上的一根绳子，穿过村子黑黑地走掉的那条路。过去许多年后，我会知道这个村子丢失了什么。那些永远吵闹的夜晚。有一个夜晚，他们再找不见我了。

“粪堆后面找了吗。看看马槽下面。”

“快出来吧。我已经看到了，再不出来扔土块了。”

谁都藏不了多久。我们知道每一处藏人的地方。知道哪些人爱往哪几个地方藏。玩了好多年，玩过好几茬人，那些藏法和藏人的地方都已不是秘密。

早先孩子们爱往树上藏，一棵一棵的大榆树蹲在村里村外，枝叶稠密。一棵大树上能藏住几十个孩子，树窟里也能藏人。树上是鸟的家，人一上去鸟便叽叽喳喳叫，很快就暴露了。草丛也藏不住人，一蹲进去虫便不叫了。夜晚的田野虫声连片，各种各样的虫鸣交织在一起。“有一丈厚的虫声。”虫子多的年成父亲说这句话。“虫声薄得像一张纸。”虫子少的时候父亲又这样说。父亲能从连片的虫声中听出田野上有多少种虫子，哪种虫多了哪种少了。哪种虫一只不留地离开这片土地远远走了，再不回来。

我从没请教过父亲是咋听出来的。我跟着他在夜晚的田野上走了许多次后，我就自己知道了。

最简单的是在草丛里找人。静静蹲在地边上，听哪片地里虫声哑了，里面肯定藏着人。

往下蹲时要闭住气，不能带起风，让空气都觉察不出你在往下蹲。你听的时候其他东西也在倾听。这片田野上有无数双耳朵在倾听。一个突然的大声响会牵动所有的耳朵。一种东西悄然间声息全无也会引来众多的惊恐和关注。当一种东西悄无声息时，它不是死了便是进入了倾听。它想听见什么。它的目标是谁。那时所有的倾听者会更加小心寂静，不传出一点声息。

听的时候耳朵和身体要尽量靠近地，但不能贴在地上。一样要闭住气。一出气别的东西就能感觉到你。吸气声又会影响自己。只有静得让其他东西听不到你的一丝声息，你才能清晰地听到他们。

我不知道父亲是不是用这种方式倾听，他很少教给我绝活。也许在他看来那两下子根本不叫本事，看一眼谁都会了。

那天黄昏我们家少了一只羊，我和父亲去河湾里找。天还有点亮，空气中满是尘烟霞气，又黄又红，吸进去感觉稠稠的，能把人喝饱似的。

河湾里草长得比我高。父亲只露出一个头顶。我跳个蹦子才能探出草丛。

爬到树上看看去。父亲说。我们走了十几分钟，来到那棵大榆树下面。

看看哪一片草动。父亲在树下喊。

一河湾草都在动。我说。

那就下来吧。

父亲坐在树下抽起了烟，我站在他旁边。

没一丝风草咋好像都在动。我说。

草让人和牲口打搅了一天，还没有消停下来。父亲说。

我知道父亲要等天黑，等晚归的人和牲口回到家，等田野消停下来。那时，细细密密的虫声就会像水一样从地里渗出来，越漫越厚、越漫越深。

韩老二一回来，地里就没人了。他总是最后收工。今天他还背了捆柴火，也许是一捆青草。背在右肩膀上。你听他走路右脚重左脚轻。

父亲没有开口，我听见他心里说这些话。

那时候我只感觉到大地上声音很乱、很慌忙，也很疲惫。最后一缕夕阳从地面抽走的声音，像一根落地的绳子，软弱无力。不像大清早，不论鸡叫驴鸣、人畜走动、苍蝇拍翅、蚂蚱蹬腿，都显得非常有劲。我那时已能听见地上天空的许多声音，只是不能仔细分辨它们。

天已经全黑了。天边远远地扔着几颗星星，像一些碎银子。我们离开那棵榆树走了十几分钟。每一脚都踩灭半分地的虫声。我回过头，看见那棵大榆树黑黑地站在夜幕里，那根横杈像一只手臂端指着村子。它的每片叶子都在听，每个根条都在听。它全听见了，全知道了。看，就是那户人家。它指给谁看。我突然害怕起来。紧走了几步。

这个横杈一直指着我们家房子。刚才在树上时，我险些告诉了父亲。话都想出来了，不知为什么，竟没发出声。

父亲在前面停下来，然后慢慢往下蹲。我离他两三米处，停住脚，也慢慢蹲下去。很快，踩灭的虫声在我们身边响起来，水一样淹没到头顶。约摸过了五分钟，父亲站起来，我跟着站起来。

在那边，西北角上。父亲抬手指了一下。

我突然想起那棵大榆树，又回头望了一眼。

东边草滩上也有个东西在动。我说。

那是一头牛。你没听见出气声又粗又重。父亲瞪了我一眼。

我想让他们听见我的声音。我渴望他们发现我。一开始我藏得非常静，听见他们四处跑动。

“方头，出来，看见你了。”

“韩四娃也找见了，我看见冯宝子朝那边跑了，肯定藏在马号里。就剩下刘二了。”

他们说话走动的声音渐渐远去，偏移向村东头。我故意弄出些响声，还钻出来跳了几个蹦子，想引他们过来。可是没用，他们离得太远了。

“柴垛后面找。”

“房顶上。”

“菜窖里看一下。”

他们的叫喊声隐隐约约，我又藏进那丛干草中，掩好自己，心想他们在村东边找不到就会跑回来找。

我很少被他们轻易找到过，我会藏得不出声息。我会把心跳声用手捂住。我能将偶不小心弄出的一点响声捉回来，捏死在手心。

七八个，找另外的七八个。最多的时候有二三十个孩子，黑压压一群。我能辨出他们每个人的身影，当月亮在头顶时他们站在自己的阴影里，额头鼻尖上的月光偶尔一晃。我能听出每个人的脚步声，有多少双脚就有多少种不同的落地声。我能听见他们黑暗中回头时脖颈转动的声音。当月亮东斜，他们每个人的影子都有几百米长，那时我站得远远的，看看地上的影子就能认出这是谁的头那是谁的身子。他们迎着月光走动时影子仰面朝天躺在地上，鼻子嘴朝上，蹲下身去会看见影子的头部有一些湿气般的东西轻轻飘浮，模模糊糊的，那是说话的影子，人说出的话也有影子，稍安静些我就能辨出那些话影的内容。

我弓着腰跟在他们后面。有时我不出声地混在他们中间，看他们四处找我。

"就差刘二一个没找见。看看后面。往草上踏。"

一次我就躺在路上的车辙里，身上扔了一把草，他们来来回回几次都没看到。

"谁把草掉在路上了。"一个过来踢了一脚。

"走吧，到牛圈里找去。"另一个喊。

一只脚贴着我的耳朵边踩过去。是张四的脚，他走路时总是脚后跟先落地。

“刚才我就觉得奇怪，白天没人拉草，路上怎么会掉下草。”

“悄悄别吭声，过去直接往草上踏。踏死鬼刘二。”

他们返回来时我已经跟在后面。我走路不出一点声，感觉心里有一双翅膀无声地扇动，脚踩下时，心在往上飞升，远远地离开地。我藏在他们找过的地方。藏在他们的背影里。一回头，我就消失。我知道人的左眼和右眼中间有一个盲区，刚好藏住一个孩子的侧影，尤其夜里它能藏住更多东西。

有一次，我双腿钩住一根晾衣绳倒挂在半空里。绳上原来搭着一条大人裤子。

“藏好了没有。开始找了。”

他们叫喊着走出院子。我从另一个豁口进来，扯下绳上的裤子，把自己搭上去。

过了好一阵他们回来了，先是说话声，接着一群倒竖着的人影晃进院子。夜色灰蒙蒙的，像起了雾。有个人举手抓住绳子坠了几下，我在上面摆动起来，黑黑的，一下一下，眼看碰上一个人的后背，又荡回来。

夜又黑了一些，他们站在院子里，好一阵一句话不说，像瞌睡了，都在打盹。又过了一阵有人开始往外走，其他人跟着往外走，院子里变空了，听见他们的脚步声在马路上散开，渐渐走远，像一朵花开败在夜里。这时下起了雨，雨点小小的。有一两滴落进鼻孔，直直滴到嗓子里。我还在不停地晃动，雨点细细地打在身上，像一群轻手轻脚的小蚊虫。我想一条忘记收回去的裤子，就是这样在黑夜里被雨慢慢淋湿。我觉得快要睡过去，一伸腿，从绳子上掉下来，爬起来打了把土，没意思地回家去了。

这次也一样没意思，我一直藏到后半夜，知道再没有人来找我，整个村子都没声音了。听到整个村子没声音时，我突然屏住气，觉得村子一下变成一个东西。它猛地停住，慢慢蹲下身去，耳朵贴近地面。它开始倾听，它听见了什么。什么东西在朝村子一点一点地移动，声音很小、很远，它移到村子跟前还要好多年，所以村子一点不惊。它只是倾听。也从不把它听见的告诉村里的人和牲畜，它知道自己什么时候起身离开。或许等那个声音到达时，我、我们，还有这个村子，早已经远远离开这地方，走得谁都找不见。不知村子是否真听到了这些。不管它在听什么我都不想让它听见我。它不吭声。我也不出声。村子静得好像不存在。我也不存在。只剩下大片荒野，它也没有声音。

不知这样相持了多久，村子憋不住了。一头驴叫起来，接着另一头驴、另外好几头驴叫起来，听上去村子就像张着好几只嘴大叫的驴。

我松了口气，心想再相持一会儿，先暴露的肯定是我。因为天快要亮了，我已经听见阳光唰唰地穿过遥远大地的树叶和尘土，直端端奔向这个村子。曙光一现，谁都会藏不住的。而最先藏不住的是我。我蹲在村东大渠边的一片枯草里，阳光肯定先照到我。

从那片藏身的枯草中站起的一瞬我觉得我已经长大，像个我叫不上名字的动物在一丛干草中寂寞地长大了，再没地方能藏住我。

我翻过渠沿，绕过王占家的房子，像个大人似的迈着重重的步子，踏上村中间那条马路。村子不会听见我，它让自己的驴叫声吵蒙了。只有我知道我在往家走，而且，再不会回到那群捉迷藏的孩子中了。

天边大火

那个夜晚我仍旧睡不着，隆冬的夜色涌进屋子，既寒冷又恐怖。我小心地吹灭灯，我知道这是村里最后一盏亮着的油灯了。荒野深处的黄沙梁村现在就我一个人醒着，我不能暴露了自己。连狗都不叫了，几十户人家像一群害怕的小动物，在大雪覆盖的荒野上紧紧挤成一窝，生怕被发现了。它们在害怕什么呢。这些矮矮的土院墙想挡住什么，能挡住什么呢。

我趴在窗台上，看见村后仅有的几颗星星，孤远、寒冷。天低得快贴着雪地，若不是我们家那根拴牛的木桩直戳戳顶着夜空，我可能看不到稍远处影影绰绰的一大片黑影。我知道它们是一蓬一蓬的蒿草，也可能不是草，白天它们伪装成草，成片地站在荒野中，或一丛一丛蹲在村边路旁，装得跟草似的。一到夜晚便变得狰狞鬼怪，尤其有风的夜晚，那些黑影着了魔似的，嚎叫着，拼命朝村庄猛扑，无边无际都是它们的声音，村庄颤巍巍地置身其中。此刻所有的人都去了风吹不到的遥远梦中。

这个村庄在荒野上丢掉了都没有人知道，它唯一的一条路埋在大雪中，唯一醒着的是我——一个十二岁的孩子。每当夜深人静，我总听到有一种东西正穿过荒野朝这个孤单的村庄涌来，一天比一天更近。我不知道它们是什么，反正一大群，比人类还要众多的一群，铺天盖地。

很小的时候我便知道了发生在大地上的一件事情——父亲告诉我：所有的人正在朝一个叫未来的地方奔跑，跑在最前面的是繁华都市，紧随其后的是大小城镇，再后面是稀稀拉拉的村庄，黄沙梁太小了，迈不动步子，它落到了最后面。为所有的人们断后的重任自然而然地落在这个小村庄身上，村里人却一点不知道这些。

他们面南背北的房子一年年抵挡着从荒野那头吹来的寒风。他们把荒凉阻隔在村后，长长的田埂年复一年地阻挡着野草对遥远城市的入侵。村里人一点不清楚他们所从事的劳动的真正含义。

天一黑他们便蒙头大睡了，撇下怎么也睡不着的我，整夜地孤守着村子。当他们醒来，天又像往常一样平平安安地亮了，鸡和狗叫了起来，驴又开始撒欢，新的一天来了，能过去的都已经过去。只有我，在人们醒来的前一刻，昏睡过去，精疲力竭，没人知道我在长夜中做了什么，看到了什么，为一村庄人抵挡了什么。

那个夜晚可能起风了，也可能村庄自己走动了。屋顶上呼呼地响起来，是天空的声音，整个天空像一块旧布被撕扯着，村外的枯树林将它撕成一缕一缕了，旷野又将它缝在一起。而挂在屋檐上怎么也撕不走的丝丝缕缕，渐渐地牵动了村子。我不知道村庄正朝哪个方向移动，是回到昨天呢，还是正走向冬天的另一个地方。反正，那个夜晚，村庄带着一村沉睡的人在荒野中奔走，一步比一步更荒凉。

我唯一的想法是弄醒村里人，我想冲出去大喊大叫，敲开每扇紧锁的门紧闭的窗户，喊醒每一个睡着的人，但我不敢出去。那种声音越来越清晰越来越近。我感到满世界只剩下我一个人。多少个夜晚我趴在这个小窗口，望着村后黑乎乎的无垠荒野，真切地感到我是最后面的一个人。

我倾听着一夜一夜穿过荒野隐隐而来的陌生声音，冥想它们是遥远年代失败的一群，被我们抛弃的一群，在浩茫的时间之野上重新强大起来。它们循着岁月追赶而来，年月是我们的路，我们害怕自己在时间中迷失，所以创造了纪元、年、月、日，这些人为的标记也为我们留下了清晰的走向和踪迹。

落在最后的黄沙梁村——这个只有几十户人家的小小村庄，男女老少不到百口人，唯一的武器是铁锨、镰刀和锄头，唯一的防御工事是几条毛渠几道田埂几堵破旧的土院墙，这能抵挡什么呢。人们向未来奔跑，寄希望于未来，在更加空茫的未来，我们真能获得一种强大的力量来抵挡过去。

后半夜时，我好像忽然长大了许多，也许是村庄变得模糊而渺小了，我爬起来，拿了盒火柴朝长满蒿草的野滩跑去。我的脚步很响，好像压住了那种声音，我只听见我的脚步声嚓嚓地向前移动，开始雪地上纵纵横横满是脚印，后来就没有了。我蹲下去，挨近一蓬蒿草，连划了三根火柴都没点着，我的手和心都抖得厉害。第四根终于划着了，点着了我就往回跑，我长长的影子在我前面跑，越跑越大，最后我看它贴着墙壁一溜烟朝天上跑了。

我回过身，身后已是一片火海，整个村庄被照得通亮。我想，这下全村的人都会醒来了，并叫喊着围过来。全村的鸡也会误认为天亮了，齐声鸣叫。狗和驴更不用说了。

我呆呆地站在雪地上，看着火越烧越大，巨大的火龙从南到北汹涌翻滚，像要吞噬一切。我不知道呆站了多久，直到后来，火终于熄灭了，夜色重又笼罩那片烧黑的荒野，村子还是静静的，没有一个人醒来，没有一条狗吠，没有一只鸡鸣。

那时候的阳光和风

西风进村时首先刮响韩三家的羊圈和房顶。风刮过羊圈，穿过房顶那堆木头时变成另一种声音。它们一前一后到达时，我用一只耳朵听，另一只耳朵捂在枕头上。我想留住一个声音时，就像堵漏洞一样把一只耳朵堵住。不想留住什么时，就把头伸进风里，一只耳朵进，一只耳朵出。

听见“日日”的撕裂声，风已经刮进韩三家的院子，越过马路吹我家林带的树。那个撕裂声是从韩三家的拴牛桩发出的，它直戳戳插进夜空，把风割开一道大口子，就像一匹布撕成两匹，一场风其实变成了两场。风多长口子就多长，几千里几万里。要在白天我能看见风中的口子，在纷纷刮歪的树梢中，有那么一两枝直直地挺立，一动不动，它正好站在那个无风的缝隙中。

一场漫天大风中总有许多个无风的缝隙。大地上总有一些东西被一场一场的风漏吹，多少年后还保持着最初的样子。我知道有些迎风走的人，能在风中找到这些缝隙，走起来一点不费力。有些马也知道这些缝隙。我们家的个别东西，早在这个缝隙里躲过一场又一场的风。我们长大了，父亲都老了，它们还是原来的样子：铁锤、石磙子、挂在房梁上的筐和担子。

许多年前东风进村时最先吹刮我们家的柴垛和墙，那堵东墙早就没泥皮了，墙也一年年变薄。后来李家在东边盖了房子，每年春天的风总是先翻过李家的房顶，再刮进我们家院子。连每天早晨的太阳，也都先照他们家，后照我们家。

早些时候太阳总是一大早就直直照到我们家东墙上，照到柴火和牛圈棚上，照到树根底下的层层落叶上。那柴垛永远是干燥的，圈棚上的草从来没有因潮湿而捂烂一棵，即使柴垛底子也都干干爽爽，第一缕曙光贴着地面平射过来，正好照着最底下那层老柴火。

李家的房子把我们的第一缕阳光挡住了，我们一直对他们家有气。当初父亲占着东边这块地不让别人盖房子，目的就是不让别人挡我们家的第一缕阳光。

其实李家只有孤孤的两间矮房子，也挡不住多少阳光，柴垛也矮矮的，早晨一开门，我们仍旧一眼望见那片窄长的庄稼地和地那边的广阔荒野。一直到我们搬走，李家也没筑起一个院子，垛起一垛像样的柴火来。但我们还是对他们家有气。那两间矮房子的影子还是影响了我们。夜里下过雨，上午太阳一照，院子里其他地方很快干爽了，那片阴影处却一片泥泞，直到半个下午过去才能走人。春天雪融时节，也是对着他们家房子的那一片雪最晚消尽，那一片草最迟发芽。

影响最大的是那几棵白杨树，似乎一下子没了长劲，好几年了还那样细，只往高蹿了几下，西边林带和它同年栽的几棵都能当椽子了。我们原计划这一批杨树长粗后再盖一间住人的房子。随着妹妹和弟弟的出生，大土炕显得更加挤，天一热我就不愿睡在屋里。可是那几棵树老是长不粗。父亲说，它被荫住了。说这句话时，父亲的半个身子正荫在李家那堵墙的影子里，大哥只一个头露在阳光中，我们弟兄几个全在阴影里。

快到太阳底下去。我听大哥喊，荫坏了我们也会像这几棵树一样长不粗。

那时候，盖一间房子要从栽树开始。一般的树五年能长成椽子，十五年长成檩子，树快长成时开始打土块，制作门窗。也有垒一个墙圈放着，等椽子、檩子长成了再封顶。也有这样的情况：树一长大便舍不得伐了，或者已经把盖房子的事忘了。一个院子里总会有一两棵树因为这样那样的原因没派上用场，一直地长了下去，长到它的树荫能盖住大半个院子，长到树心变空，浑身结满树疙瘩，树杈缀满鸟窝，这已不是一般的树了。我们家门前、房后面和西边墙角各长着一棵这样的大树。我们再缺木头时都不会想到要去伐它。

那几棵被墙荫住的树把我们盖房子的计划永远地耽搁了。我们多等了它们两年。这期间生活发生了变化，我们不想在黄沙梁住了，想搬到别处去，许多原来计划好的事情突然间停住。

共同的家

为一窝老鼠我们先后养过四五只猫，全是早先一只黑母猫的后代。在我的印象中猫和老鼠早就订好了协议。自从养了猫，许多年间我们家老鼠再没增多，却也始终没彻底消灭，这全是猫故意给老鼠留了生路。老鼠每天夜里牺牲掉两只供猫果腹，猫一吃饱，老鼠便太平了，满屋子闹腾，从猫眼皮底下走过，猫也懒得理识。

我们早就识破猫和老鼠的这种勾当。但也没办法，不能惩罚猫。猫打急了会跑掉，三五天不回家，还得人去找。有时在别人家屋里找见，已经不认你了。不像狗，对它再不好也不会跑到别人家去。

我们一直由着猫，给它许多年时间，去捉那窝老鼠，很少打过它。我们想，猫会慢慢把这个家当成自己家，把家里的东西当成自己的去守护。我们期望每个家畜都能把这个院子当成家，跟我们一起和和好好往下过日子。虽然，有时我们不得不把喂了两年的一头猪宰掉，把养了三年的一只羊卖掉，那都是没办法的事。

那头黑猪娃刚买来时就对我们家很不满意。母亲把它拴在后墙根，不留神它便在墙根拱一个坑，样子气哼哼的，像要把房子拱倒似的。要是个外人在我们家后墙根挖坑，我们非和他拼命不可。对这个小猪娃，却只有容忍。每次母亲都拿一个指头细的小树条，在小猪鼻梁上打两下，当着它的面把坑填平、踩瓷实。末了举起树条吓唬一句：再拱墙根打死你。

黄母牛刚买来时也常整坏家里的东西。父亲从邱老二家买它时才一岁半。父亲看上了它，它却没看上父亲，不愿到我们家来。拉着一个劲地后退，还甩头，蹄子刨地向父亲示威。好不容易牵回家，拴在槽上，又踢又叫，独自在那里耍脾气。它用角抵歪过院墙，用屁股蹭翻过牛槽。还踢伤一只白母羊，造成流产。父亲并没因此鞭打它。父亲爱惜它那身光亮的没有一丝鞭痕的皮毛。我们也喜欢它的犟劲，给它喂草饮水时逗着它玩。它一发脾气就赶紧躲开。我们有的是时间等。一个月，两个月。一年，两年。我们总会等到一头牛把我们全当成好人，把这个家认成自己家，有多大劲也再不往院墙牛槽上使，爱护家里每一样东西，容忍羊羔在它肚子下钻来钻去，鸡在它蹄子边刨虫子吃，有时飞到脊背上啄食草籽。

牛是家里的大牲畜。我们知道养乖一头牛对这个家有多大意义。家里没人时，遇到威胁其他家畜都会跑到牛跟前。羊躲到牛屁股后面，鸡钻到羊肚子底下。狗会抢先迎上去狂吠猛咬。在狗背后，牛怒瞪双眼，扬着利角，像一堵墙一样立在那里。无论进来的是一条野狗，一匹狼，一个不怀好意的陌生人，都无法得逞。

在这个院子里我们让许多素不相识的动物成了亲密一家。我们也曾期望老鼠把这个家当成自己家，饿了到别人家偷粮食，运到我们家来吃。可是做不到。

几个夏天过去后，这个院子比我们刚来时更像个院子。牛圈旁盖了间新羊圈，羊圈顶上是鸡窝。猪圈在东北角上，全用树根垒起来的，与牛羊圈隔着菜窖和柴垛。是我们故意隔开的。牛羊都嫌弃猪。猪粪太臭，猪又爱往烂泥坑里钻，身子脏兮兮的。牛羊都极爱干净。尽管白天猪哼哼唧唧在牛羊间钻来钻去，也看不出牛和羊怎么嫌弃它，更没见羊和猪打过架，但我们还是把它们分开，一来院子东北角正对着荒地，需要把院墙垒结实。二来我们潜意识中觉得，那个角上应该有谁驻守。猪也许最合适。

经过几个夏天——我记不清经过了几个夏天，无论母亲、大哥、我、弟弟妹妹，还是我们进这个家后买的那些家畜们，都已默认和喜欢上这个院子。我们亲手给它添加了许多内容。除了羊圈，房子东边续盖了两间小房子，一间专门煮猪食，一间盛农具和饲料。院墙几乎重修了一遍，我们进来时有好几处篱笆坏了，到处是大大小小的洞，第一年冬天从雪地上的脚印我们知道，有野兔、狐狸，还有不认识的一种动物进了院子。拆掉重盖又拆掉，垒了三次狗窝，一次垒在院子最里面靠菜地的那棵榆树下，嫌狗咬人不方便，离院门太远，它吠叫着跑过院子时惊得鸡四处乱飞。二次移到大门边，紧靠门墩，狗洞对着院门，结果外人都不敢走近敲门，有事站在路上大嗓子喊。三次又往里移了几米。

这些小活儿都是我们兄弟几个干。大些的活儿后父带我们一块干。后父早年曾在村里当过一阵小组长，我听有人来找后父帮忙时，还尊敬地叫他方组长，更多时候大家叫他方老二。

我们跟后父干活总要闹许多别扭。那时我们对这个院子的以往一无所知，不知道那些角角落落里曾发生过什么事。“不要动那根木头。”他大声阻止。我们想把这根歪扭的大榆木挪到墙根，腾出地方来栽一行树。“那个地方不能挖土。”“别动那个木桩。”我们隐约觉得那些东西上隐藏着许多事。我们太急于把手伸向院子的每一处，想抹掉那些不属于我们的陈年旧事，却无意中翻出了它们，让早已落定的尘埃重又弥漫在院子。我们挪动那些东西时已经挪动了后父的记忆。我们把他的往事搅乱了。他很生气。他一生气便气哼哼地蹲到墙根，边抽烟边斜眼瞪我们。在他的乜视里我们小心谨慎干完一件又一件事，照着我们的想法和意愿。

牲畜们比我们更早地适应了一切。它们认下了门：朝路开的大门、东边侧门、菜园门、各自的圈门，知道该进哪个不能进哪个。走远了知道回来，懂得从门进进出出，即使院墙上有个豁口也不随便进出。只有野牲口（我们管别人家的牲口叫野牲口）才从院墙豁口跳进来偷草料吃。经过几个夏天（我总是忘掉冬天，把天热的日子都认成夏天），它们都已经知道了院子里哪些东西不能踩，知道小心地绕过筐、盆子、脱在地上没晾干的土块、斜躺的农具，知道了各吃各的草，各进各的圈，而不像刚到一起时那样相互争吵。到了秋天院子里堆满黄豆、甜菜、苞谷棒子，羊望着咩咩叫，猪望着直哼哼，都不走近，知道那是人的食物，吃一口就要鼻梁上挨条子。也有胆大的牲畜趁人不注意叼一个苞谷棒子，狗马上追咬过去，夺回来又放在粮堆。

一个夜晚我们被狗叫声惊醒，听见有人狠劲顶推院门，门哐哐直响。父亲提马灯出去，我提一根棍跟在后面。对门喊了几声，没人应。父亲打开院门，举灯过去，看见三天前我们卖给沙沟沿张天家的那只黑母羊站在门外，眼角流着泪。

永远一样的黄昏

每天这个时辰，当最后一缕夕阳照到门框上我就回来，赶着牛车回来，吆着羊群回来，背着柴火回来。父亲母亲、弟弟妹妹都在院子，黄狗芦花鸡还没回窝休息。全是一样的黄昏。一样简单的晚饭使劳累一天的家人聚在一起——面条、馍馍、白菜——永远我能赶上的一顿晚饭，总是吃到很晚。父亲靠着背椅，母亲坐在小板凳上，儿女们蹲在土块和木头上，吃空的碗放在地上，没有收拾。一家人静静待着，天渐渐黑了，谁也看不见谁了，还静静待着。油灯在屋子里，没人去点着。也没人说一句话。

另外一个黄昏，夕阳在很远处，被阴云拦住，没有照到门框上。天又低又沉。满院子的风。很大的树枝和叶子，飘过天空。院门一开一合，啪啪响着。顶门的木棍倒在地上。一家人一动不动坐在院子。天眼看要黑。天就要黑。我们等这个时辰，它到了我们还在等，黑黑地等。像在等家里的一个人。好像一家人都在。又好像有一个没回来。谁没有回来。风呜呜地刮。很大的树枝和叶子，接连不断地飘过头顶。

风给你开门，给你关门。

很多年前，我们都在的时候，我们开始了等候。那时我们似乎已经知道，日后能够等候我们的，依旧是静坐在那些永远一样的黄昏里，一动不动的我们自己。

最后一只猫

我们家的最后一只猫也是纯黑的，样子和以前几只没啥区别，只是更懒，懒得捉老鼠不说，还偷吃饭菜馍馍。一家人都讨厌它。小时候它最爱跳到人怀里让人抚摸，小妹燕子整天抱着它玩。它是小妹有数的几件玩具中的一个，摆家家时当玩具将它摆放在一个地方，它便一动不动，眼睛跟着小妹转来转去，直到它被摆放到另一个地方，还是很听话地卧在那里。

后来小妹长大了没了玩兴，黑猫也变得不听话，有时一跃跳到谁怀里，马上被一把拨拉下去，在地上挡脚了，也会不轻不重挨上一下。我们似乎对它失去了耐心，那段日子家里正好出了几件让人烦心的事。我已记不清是些什么事。反正，有段日子生活对我们不好，我们也没更多的心力去关照家畜们。似乎我们成了一个周转站，生活对我们好一点，我们给身边事物的关爱就会多一点。我们没能像积蓄粮食一样在心中积攒足够的爱与善意，以便生活中没这些东西时，我们仍能节俭地给予。那些年月我们一直都没积蓄下足够的粮食。贫穷太漫长了。

黑猫在家里待得无趣，便常出去，有时在院墙上跑来跑去，还爬到树上捉鸟，却从未见捉到一只。它捉鸟时那副认真劲让人好笑，身子贴着树干，极轻极缓地往上爬，连气都不出。可是，不管它的动作多轻巧无声，总是爬到离鸟一米多远处，鸟便扑地飞走了。黑猫朝天上望一阵，无奈地跳下树来。

以后它便不常回家了。我们不知道它在外面干些啥，村里几户人家夜里丢了鸡，有人看见是我们家黑猫吃的，到家里来找猫。

它已经几个月没回家，早变成野猫了。父亲说。

野了也是你们家的。你要这么推辞，下次碰见了我可要往死里打。来人气哼哼地走了。

我们家的鸡却一只没丢过。黑猫也没再露面，我们以为它已经被人打死了。

又过了几个月，秋收刚结束，一天夜里，我听见猫在房顶上叫，不停地叫。还听见猫在房上来回跑动。我披了件衣服出去，叫了一声，见黑猫站在房檐上，头探下来对着我直叫。我不知道出了啥事，它急声急气地要告诉我什么。我喊了几声，想让它下来。它不下来，只对着我叫。我有点冷，进屋睡觉去了。

钻进被窝我又听见猫叫了一阵，嗓子哑哑的。接着猫的脚步声踩过房顶，然后听见它跳到房边的草堆上，再没有声音了。

第二年，也是秋天，我在南梁地上割苞谷秆。十几天前就已掰完苞米，今年比去年少收了两马车棒子，我们有点生气，就把那片苞谷秆扔在南梁上半个月没去理识。

别人家的苞谷秆早砍回来码上草垛。地里已开始放牲口。我们也觉得没理由跟苞谷秆过不去。它们已经枯死。掰完棒子的苞谷秆，就像一群衣衫破烂的穷叫花子站在秋风里。

不论收多收少，秋天的田野都叫人有种莫名的伤心，仿佛看见多少年后的自己，枯枯抖抖站在秋风里。多少个秋天的收获之后，人成了自己的最后一茬作物。

一个动物在苞谷地迅跑，带响一片苞谷叶。我直起身，以为是一条狗或一只狐狸，提着镰刀悄悄等候它跑近。

它在距我四五米处蹿出苞谷地。是一只黑猫。我喊了一声，它停住，回头望着我。是我们家那只黑猫，它也认出我了，转过身朝我走了两步，又犹疑地停住。我叫了几声，想让它过来。它只是望着我，咪咪地叫。我走到马车旁，从布包里取出馍馍，掰了一块扔给黑猫，它本能地前扑了一步，两只前爪抱住馍馍，用嘴啃了一小块，又抬头望我。我叫着它朝前走了两步，它警觉地后退了三步，像是猜出我要抓住它。我再朝它走，它仍退。相距三四步时，猫突然做出一副很厉害的表情，喵喵尖叫两声，一转身蹿进苞谷地跑了。

这时我才意识到提在手中的镰刀。黑猫刚才一直盯着我的手，它显然不信任我了。钻进苞谷地的一瞬我发现它的一条后腿有点瘸。肯定是被人打的。这次相遇使它对我们最后的一点信任都没有了。从此它将成为一只死心塌地的野猫，越来越远地离开这个村子。它知道它在村里干的那些事。村里人不会饶它。

两窝蚂蚁

冬天，每隔一段时间——差不多有半个月，蚂蚁就会出来找食吃，排成一长队，在墙壁炕沿上走，有前去的，有回来的，急急忙忙，全阴得皮肤发黄，不像夏天的蚂蚁，油黑油黑。蚂蚁很少在地上乱跑，怕人不小心踩死它们。也很少一两只单独跑出来。

我们家屋子里有两窝蚂蚁，一窝是小黑蚂蚁，住在厨房锅头旁的地下。一窝大黄蚂蚁，住在靠炕沿的东墙根。蚂蚁怕冷，所以把洞筑在暖和处，紧挨着土炕和炉子，我们做饭烧炕时，顺便把蚂蚁窝也煨热了。

通常蚂蚁在天亮后出来找食吃。那时母亲已经起来把死灭的炉火重新点着。屋子里烟气弥漫。我们全钻在被窝里，只露出头。有的睁眼直望着房顶。有的半眯着眼睛。早睡醒了。谁都不愿起。整个冬天我们没有一点事情，想睡到什么时候就睡到什么时候。直到炉火和从窗户照进的刺眼阳光，使屋子重又变得暖洋洋，才会有人坐起来，偎着被子，再愣会儿神。

蚂蚁一出洞，母亲便在蚂蚁窝旁撒一把麸皮。收成好的年成会撒两把。有一年我们储备的冬粮不足，连麸皮都不敢喂牲口，留着缺粮时人调剂着吃。冬天蚂蚁出来过五次。每次母亲只抓一小撮麸皮撒在洞口。最后一次，母亲再舍不得把麸皮给蚂蚁吃。家里仅剩的半麻袋细粮被父亲扎死袋口，留作春天下地干活时吃。我们整日煮洋芋疙瘩充饥。那一次，蚂蚁从天亮出洞，有上百只，绕着墙根转了一圈又一圈，一直到天快黑时，拖着几小片洋芋皮进洞去了。

蚂蚁发现麸皮便会一拥而上，拖着、背着、几个抬着往洞里搬。跑远的蚂蚁被喊回来。在墙上的蚂蚁一蹦子跳下来。只一会儿工夫，蚂蚁和麸皮便一同消失得一干二净。蚂蚁有了吃的，便把洞口封死，很长时间不出来打搅人。

蚂蚁的洞一般从墙外通到房内，天一热蚂蚁全到屋外觅食，房子里几乎见不到一只。

我喜欢那窝小黑蚂蚁，针尖那么小的身子，走半天也走不了几尺。我早晨出门前看见一只从后墙根朝前墙这边走，下午我回来看见它还在半道上，慢悠悠地移动着身子，一点不急。似乎它已做好了长途跋涉的打算，今晚就在前面一点儿的地方过夜，第二天，太阳不太高时走到前墙根。天黑前争取爬过门槛，走到厨房与卧房的门口处。第二天再进卧房。不过，它要爬过卧房的门槛就得费很大工夫，先要爬上两层土块，再翻过一拃高的木门槛，还得赶早点，趁我们没起来之前翻过来。厨房没有窗户，天窗也盖得很死，即使白天门口处也很暗，我们一走动起来就难说不踩着蚂蚁。卧房比厨房大许多，从山墙经过窗户到东墙根，至少是蚂蚁两天的路程。到第五天，蚂蚁才会从东墙根往炕沿处走，经过我们家唯一的柜子。这段最好走夜路，因为是那窝大黄蚂蚁的领地，会很危险。从东边炕头往西边炕头绕回时也是两天的路，最好也晚上走，沿着炕沿，经过打着鼾声的父亲的头、母亲的头、小弟权娃的头和小妹燕子的头，爬到我的头顶时已是另一个夜晚了。这样，小蚂蚁在我们家屋内绕一圈大概用十天的时间，等它回到窝里时，那个蚂蚁世界是否已几经变故，老蚂蚁死了，小蚂蚁出生，它们会不会还认识它呢。

小黑蚂蚁不咬人。偶尔爬到人身上，好一阵才觉出一点点痒。大黄蚂蚁也不咬人，但我不太喜欢。它们到处乱跑，且跑得飞快，让人不放心。不像小黑蚂蚁，出来排着整整齐齐的队，要到哪就径直到哪。大黄蚂蚁也排队，但队形乱糟糟。好像它们的头儿管得不严，好像每只蚂蚁都有自己的想法。

有一年春天，我想把这窝黄蚂蚁赶走。我想了一个绝好的办法。那时蚂蚁已经把屋内的洞口封住，打开墙外的洞口，在外面活动了。我端了半盆麸皮，从我们家东墙根的蚂蚁洞口处，一点一点往前撒，撒在地上的麸皮像一根细细的黄线，绕过林带、柴垛，穿过一片长着矮草的平地，再翻过一个坑（李家盖房子时挖的），一直伸到李家西墙根。我把撒剩的小半盆麸皮全倒在李家墙根，上面撒一把土盖住。然后一趟子跑回来，观察蚂蚁的动静。

先是一只洞口处闲游的蚂蚁发现了麸皮。咬住一块拖了一下，扔下又咬另一块。当它发现有好多麸皮后，突然转身朝洞口跑去。我发现它在洞口处停顿了一下，好像探头朝洞里喊了一声，里面好像没听见，它一头钻进去，不到两秒钟，大批蚂蚁像一股黄水涌了出来。

蚂蚁出洞后，一部分忙着往洞里搬近处的麸皮，一部分顺着我撒的线往前跑。有一个先头兵，速度非常快，跑一截子，对一粒麸皮咬一口，扔下再往前跑，好像给后面的蚂蚁做记号。我一直跟着这只蚂蚁绕过林带、柴垛，穿过那片长草的平地，再翻过那个坑，到了李家西墙根，蚂蚁发现墙根的一大堆麸皮后，几乎疯狂。它抬起两个前肢，高举着跳几个蹦子，肯定还喊出了什么，但我听不见。它跑了那么远的路，似乎一点不累，飞快地绕麸皮堆转了一圈，又爬到堆顶上。往上爬时还踩翻一块麸皮，栽了一跟头。但它很快翻过身来，向这边跑几步，又朝那边跑几步，看样子像是在伸长膀子量这堆麸皮到底有多大体积。

做完这一切，它连滚带爬从麸皮堆上下来，沿来路飞快地往回跑。没跑多远，碰到两只随后赶来的蚂蚁，见面一碰头，一只立马转头往回跑，另一只朝麸皮堆的方向跑去。往回跑的刚绕过柴垛，大批蚂蚁已沿这条线源源不断赶来了，仍看见有往回飞跑的。只是我已经分不清刚才发现麸皮堆的那只这会儿跑到哪去了。我返回到蚂蚁洞口时，看见一股更粗的黄泉水正从洞口涌出来，沿我撒的那一溜黄色麸皮浩浩荡荡地朝李家墙根奔流而去。

我转身进屋拿了把铁锨，当我觉得洞里的蚂蚁已出来得差不多，大部分蚂蚁已经绕过柴垛快走到李家墙根了，我便果断地动手，在蚂蚁的来路上挖了一个一米多长、二十厘米宽的深槽子。我刚挖好，一大群嘴里衔着麸皮的蚂蚁已翻过那个大坑涌到跟前，看见断了的路都慌乱起来。有几个，像试探着要跳过来，结果掉进沟里，摔得好一阵才爬起来，叼起麸皮又要沿沟壁爬上来，那是不可能的，我挖的沟槽下边宽上边窄，蚂蚁爬不了多高就又掉下去。

而在另一边，迟缓赶来的一小部分蚂蚁也涌到沟沿上，两伙蚂蚁隔着沟相互挥手、跳蹦子。

怎么啦。

怎么回事。

我好像听见它们喊叫。

我知道蚂蚁是聪明动物。慌乱一阵后就会自动安静下来，处理好遇到的麻烦事情。以它们的聪明，肯定会想到在这堆麸皮下面重打一个洞，筑一个新窝，窝里造一个能盛下这堆麸皮的大粮仓。因为回去的路已经断了，况且家又那么远，回家的时间足够建一个新家了。就像我们村有几户人，在野地打了粮食，懒得拉回来，就盖一间房子，住下来就地吃掉。李家墙根的地不太硬，打起洞来也不费劲。

蚂蚁如果这样去做我就成功了。

我已经看见一部分蚂蚁叼着麸皮又回到李家墙根，好像商量着就按我的思路行动了。这时天不知不觉黑了，我才发现自己跟这窝蚂蚁耗了大半天。我已经看不清地上的蚂蚁。况且，李家老二早就开始怀疑我，不住地朝这边望。他不清楚我在干什么。但他知道我不会干好事。我咳嗽了两声，装得啥事没有，踢着地上的草，绕过柴垛回到院子。

第二天一大早，我出来发现那堆麸皮不见了，一粒也没有了。从李家墙根开始，一条细细的、踩得光光的蚂蚁路，穿过大土坑，通到我挖的沟槽边，沿沟边向北伸了一米多，到没沟的地方，又从对面折回来，再穿过草滩、绕过柴垛和林带，一直通到我们家墙根的蚂蚁洞口。

一只蚂蚁都没看见。

树会记住许多事

如果我们忘了在这地方生活了多少年，只要锯开一棵树，院墙角上或房后面那几棵都行，数数上面的圈就大致清楚了。

树会记住许多事。

其他东西也记事，却不可靠。譬如路，会丢掉人的脚印，会分岔，把人引向歧途。人本身又会遗忘许多人和事。当人真的遗忘了那些人和事，人能去问谁呢。

问风。

风从不记得那年秋天顺风走远的那个人。也不会在意它刮到天上飘远的一块红头巾，最后落到哪里。风在哪停住哪就会落下一堆东西。我们丢掉找不见的东西，大都让风挪移了位置。有些多年后被另一场相反的风刮回来，面目全非躺在墙根，像做了一场梦。有些在昏天暗地的大风中飘过村子，越走越远，再也回不到村里。

树从不胡乱走动。几十年、上百年前的那棵榆树，还在老地方站着。我们走了又回来。担心墙会倒塌、房顶被风掀翻卷走、人和牲畜四散迷失，我们把家安在大树底下，房前屋后栽许多树让它快快长大。

树是一场朝天刮的风。刮得慢极了。能看见那些枝叶挨挨挤挤向天上涌，都踏出了路，走出了各种声音。在人的一辈子里，能看见一场风刮到头，停住。像一辆奔跑的马车，甩掉轮子，车体散架，货物坠落一地，最后马扑倒在尘土里，伸长脖子喘几口粗气，然后死去。谁也看不见马车夫在哪里。

风刮到头是一场风的空。

树在天地间丢了东西。

哥，你到地下去找，我向天上找。

树的根和干朝相反方向走了，它们分手的地方坐着我们一家人。父亲背靠树干，母亲坐在小板凳上，儿女们蹲在地上或木头上。刚吃过饭。还要喝一碗水。水喝完还要再坐一阵。院门半开着，看见路上过来过去几个人、几头牛。也不知树根在地下找到什么。我们天天往树上看，似乎看见那些忙碌的枝枝叶叶没找见什么。

找到了它就会喊，把走远的树根喊回来。

父亲，你到土里去找，我们在地上找。

我们家要是一棵树，先父下葬时我就可以说这句话了。我们也会像一棵树一样，伸出所有的枝枝叶叶去找，伸到空中一把一把抓那些多得没人要的阳光和雨，捉那些闲得打盹的云，还有鸟叫和虫鸣，抓回来再一把一把扔掉。不是我要找的，不是的。

我们找到天空就喊你，父亲。找到一滴水一束阳光就叫你，父亲。我们要找什么。

多少年之后我才知道，我们真正要找的，再也找不回来的，是此时此刻的全部生活。它消失了，又正在被遗忘。

那根躺在墙根的干木头是否已将它昔年的繁枝茂叶全部遗忘。我走了，我会记起一生中更加细微的生活情景，我会找到早年落到地上没看见的一根针，记起早年贪玩没留意的半句话、一个眼神。当我回过头去，我对生存便有了更加细微的热爱与耐心。

如果我忘了些什么，匆忙中疏忽了曾经落在头顶的一滴雨、掠过耳畔的一缕风，院子里那棵老榆树就会提醒我。有一棵大榆树靠在背上（就像父亲那时靠着它一样），天地间还有哪些事情想不清楚呢。

我八岁那年，母亲随手挂在树枝上的一个筐，已经随树长得够不着。我十一岁那年秋天，父亲从地里捡回一捆麦子，放在地上怕鸡叼吃，就顺手夹在树杈上，这个树杈也已将那捆麦子举过房顶，举到了半空中。这期间我们似乎远离了生活，再没顾上拿下那个筐，取下那捆麦子。它一年一年缓缓升向天空的时候我们似乎从没看见。

现在那捆原本金黄的麦子已经发灰，麦穗早被鸟啄空。那个筐里或许盛着半筐干红辣皮、几个苞谷棒子，筐沿满是斑白鸟粪，估计里面早已空空的了。

我们竟然有过这样富裕漫长的年月，让一棵树举着沉甸甸的一捆麦子和半筐干红辣皮，一直举过房顶，举到半空喂鸟吃。

“我们早就富裕得把好东西往天上扔了。”

许多年后的一个早春。午后，树还没长出叶子。我们一家人坐在树下喝苞谷糊糊。白面在一个月前就吃完了。苞谷面也余下不多，下午饭只能喝点糊糊。喝完了碗还端着，要愣愣地坐好一会儿，似乎饭没吃完，还应该再吃点什么，却什么都没有了。一家人像在想着什么，又像啥都不想，脑子空空地呆坐着。

大哥仰着头，说了一句话。

我们全仰起头，这才看见夹在树杈上的一捆麦子和挂在树枝上的那个筐。

如果树也忘了那些事，它便早早地变成了一根干木头。

“回来吧，别找了，啥都没有。”

树根在地下喊那些枝和叶子。它们听见了，就往回走。先是叶子，一年一年地往回赶，叶子全走光了，枝杈便枯站在那里，像一截没人走的路。枝杈也站不了多久。人不会让一棵死树长时间站在那里。它早站累了，把它放倒，可它已经躺不平，身躯弯扭得只适合立在空气中。我们怕它滚动，一头垫半截土块，中间也用土块堰住。等过段时间，消闲了再把树根挖出来，和躯干放在一起，如果它们有话要说，日子长着呢。一根木头随便往哪一扔就是几十年光景。这期间我们会看见木头张开许多口子，离近了能听见木头开口的声音。木头开一次口，说一句话。等到全身开满口子，木头就没话可说了。我们过去踢一脚，敲两下，声音空空的。根也好，干也罢，里面都没啥东西了。即便无话可说，也得面对面呆着。一个榆木疙瘩，一截歪扭树干，除非修整院子时会动一动。也许还会绕过去。谁会管它呢。在它身下是厚厚的这个秋天、很多个秋天的叶子。在它旁边是我们一家人、牲畜。或许已经是另一户人。

一个长梦

在黄沙梁，羊的数量是人的三倍到五倍。牛比人少，有人的三分之一。要按腿算，人腿和狗腿则相差不了几条。一个村庄哪种动物最多在午后看地上的蹄印脚印便一清二楚。

一般时候，出门碰见两头猪遇到一个人，闻五句驴叫听见一句人声。望穿一群羊，望见一个人。

谁要问我沙沟沿上谁谁家的人长啥模样，一时半会，我可能真说不出。若提起他家的黄狗黑母牛，我立马就能说出它们的毛色、望人望其他东西时的眼神、走路和跑起来的架势，连前腿内侧的一小撮杂毛、后蹄盖一个缺口我都记得清清楚楚。

我记住了太多的牲畜和其他东西，记住很少一些人。他们远远地躲在那些事物后面——人跟在一车草后面，蹲在半堵墙后面，随在尘土飞扬的一群牛后面，站在金黄一片的麦田那边，出现又消失，隐隐约约，很少有人走到跟前，像一只鸡、一条狗那样近地让我看清和认识他们。

树又高又显，草、庄稼遍野遍滩，狗和驴高声叫喊，随地大小便。人低着头，弓着身，小声碎步地活在中间。好几年，我能听见王占元的一两声叫喊，他被什么东西整急了，低哑地叫唤两声，便又听不见。好几个月，我能碰见一次陈有根，他还是那张愁巴巴的脸，肩上扛着锨，手里提一把镰刀，腰绑一根绳，从渠沿下来，一转眼消失在几堵破墙后面，再看不见。

我想起一件东西时，偶尔想起一个人，已经叫不上名字，衣着和相貌也都模糊，只记得是黄沙梁村人，住在北边一间矮土房里，常牵一头秃角白母牛下地，在我熟悉的那堵有一条大斜缝的土墙根坐过一个下午，领一条我认识的黑狗，公的，杂毛，跟我们家黑母狗有过一次恋情。我不喜欢杂毛，我喜欢纯黑色的狗。我一直想让沙沟沿张户家的大黑狗配我们家母狗，可是两条狗见了面互不理识，好像前世有仇。

杂毛公狗吟叫着边跑边回头。黑母狗跟着它跑，我叫了两声，叫不回来。它们跑过大渠沿不见了。我追到渠沿上，只看见那边一片苞谷地哗哗地响动。几个月后，黑狗生了窝小狗，八只，一半是杂毛。我不喜欢，没等出月便把四只小杂毛偷偷抱出去，送到西边的闸板口村了。那时小狗还没睁开眼睛。它不知道自己生在哪里，长大了也不会再找回来。

鸡算最多的了，在黄沙梁，除了蚂蚁，遍地都是鸡。每家都养几十上百只。而且，鸡不住下蛋，蛋又不住地孵出鸡。

鸡这种小东西很难有个准确数目。它到处跑、到处钻。谁都不敢肯定地说他家有多少只鸡，就像不敢肯定他家门前树上有多少只麻雀，屋里有多少只老鼠一样。

数鸡的方法很简单，往院子里撒一把苞谷粒，学着鸡嗓子

“咯咯”尖叫几声，鸡便争先恐后从角角落落跑出来，拥在一起争食吃。

如果把谷粒撒成一条线，鸡便像排成一长溜子，两个两个数，数到十八或二十七，你觉着就这么多了，突然又从柴垛下“咯咯”地钻出一只。

有时早晨数二十四只，下午却成了二十三只。又撒了几把苞谷，满院子“咯咯”地叫，站在门口朝路上叫，嗓子叫疼了也没再出来一只。第二天、第三天，仍然是二十三只。你断定这只鸡丢了，已经顶了谁家的锅盖了。你很生气，在没人处骂几句：哪个牲口把我们家鸡吃了。吃了烂嘴。吃了断肠子。然后装得若无其事，背着手，不慌不忙在村里转一圈，眼睛在人家垃圾堆上扫来扫去，想找到一根鸡毛、半只鸡头、几根鸡骨头。这是不可能的事。偷鸡的人都知道把鸡毛挖坑埋掉。坑挖得又深又隐秘，埋好了用脚踩瓷实，撒些干土，扔些草叶子，你从上面走过去都觉察不出。直到有一天，你在邻居家院子边取土，无意中挖出一团鸡毛，黑色，夹杂一点白色短绒毛，你觉得面熟，突然想起二十年前丢掉的一只黑母鸡，肚皮下有块白短毛。咋就没想到他呢。你望着那扇门，怪自己二十年前咋就没想到是邻居家偷的鸡呢。现在啥话都不能说了，两家早成了亲戚，邻居家的儿子娶了你女儿，两家好得跟一家似的。

最好在大中午，突然闯进一家门。“老王，借根麻绳。”看他们慌张的样子——赶紧把锅盖住，碗藏到桌子底下，嘴里顾不上嚼烂的东西一伸脖子咽下去。

或装得很亲热，抱起人家的孩子亲亲，闻闻嘴里有没有鸡肉味。

丢一只鸡对一户人家来说，就像风刮走树上的一片叶子，根本算不上一件事。你要因一只鸡的事扰乱了村子，问东家骂西家，日后你万一丢一头牛，肯定会扰得世界都不得安宁。它是件太小的事情，只能发生在一个人心里。

我记得最深的是一只黑母鸡。全身纯黑纯黑，我们叫它黑夜。它真是一个黑夜的话，你千万别指望在那个夜里看见一丝星光，更别期盼会熬到最后看到天边的一线曙色。那是一种彻底的黑，让人绝望。

黑夜有一次失踪了很长时间，我们都以为它丢了。村里没有谁家有这么纯黑的鸡，有的毛是黑色的，冠却是红的，腿却是白的。有的肚皮下、脖圈里会夹杂些白绒红羽。听大人们说这种黑鸡吃了大补，还能治病。大哥就让我出去转一圈，看看村里那几个一年到头黄皮刮瘦的病秧子，有没有哪个突然壮实起来。如果有，肯定是偷吃了我们的黑鸡。

大概过了一个月，我们忙着地里的事，早出晚归，都快忘了丢鸡的事了。一个早晨，黑夜突然领了一群小鸡，咯咯地唱叫着从柴垛底下出来，径直走到院子里。那些小鸡全黑黑的，像一个个小墨团，简直分不出嘴和爪子。

我们很少收到黑夜下的蛋。它的蛋壳上有黑斑。那时我们家有将近三十只母鸡，每天收十几个蛋。大白鸡的蛋又白又大。芦花鸡的蛋发黄，灰团的蛋又小而圆，像乒乓球一样。蛋一收回来，我们就能知道哪只鸡下了哪只没下。

一连十几天没有黑夜的蛋。还以为它下蛋不行。是不是公鸡嫌它黑，不给它踩蛋。有时早晨摸黑夜的屁股，有蛋。下午就不知下哪去了。母亲让我盯着黑夜，看它是不是吃我们家的食给别人家窝里下蛋。大半天我都跟在它屁股后面。黑夜从不出院子，也不往别的鸡堆里钻。它有些孤僻，喜欢在树根下刨虫子吃，有时到墙根晒会太阳。我稍不留意，它便不见了。像黑夜一样消失了，剩下一个大白天。

后来我们找到了黑夜筑在柴垛底下的窝，有两米多深。从外面根本看不见，只有小小的一个缝曲折地通到柴垛最里面。我抽掉几根柴火，让小弟钻进去。有一大堆蛋。小弟在里面喊。

母亲让我们把蛋又放了进去，出口伪装成以前的样子。因为这些蛋里已经有红血丝。只有让黑夜再孵一窝黑鸡崽了。

黑夜几乎把它的每个蛋都怜惜地藏起来，孵成了墨黑墨黑的小鸡。母亲不喜欢黑鸡，稍长大些就把它们卖掉了。因为黑鸡能卖到好价，另一方面，我想是母亲不喜欢私自藏蛋坐窝的鸡。家里每年孵几窝小鸡都是母亲做主。到了那个月份，大多数母鸡会抢着坐窝，一天到晚趴在窝里不下来。抢不到鸡窝的便在草垛房顶上围个窝，死死抱住自己的几个蛋，见人走近便叼，有时会飞扑过来啄人的眼睛。鸡一坐窝便不再下蛋。这个时候，母亲就让我们去捉那些坐窝的鸡，用凉水激鸡头。母亲说鸡坐窝是因为没睡醒，母鸡每年这时候要做一个长梦，它梦见些什么人不知道。但我们知道怎样把它弄醒。鸡头往凉水盆里按几次，鸡就马上激醒了，甩几下头，瞪大眼睛，和人惊醒时一模一样。

母鸡坐窝的前一个月，母亲便着手选种蛋。选哪个鸡的蛋不选哪个鸡的蛋也都是母亲做主。母亲喜欢的大白鸡、芦花鸡、黄毛以及黑尾巴的蛋，总是选得最多。母亲不喜欢的黄团、灰毛那些鸡的蛋，她也每只选一两个，到时孵出几个她仍然不喜欢的灰毛黄团来。

哪只鸡都希望自己的蛋能孵成小鸡，而不是被人吃掉。鸡和人一样的，母亲说。即使最难看的灰尾巴，也希望自己的难看尾巴一代一代传下去。

母亲那时已生养了我们七个儿女。母亲要是生蛋，一定生了几大筐了。那些蛋中也只有个别的几个孵成了我们。我们不知道其他更多的没有出生的弟弟妹妹们到哪去了，也许他们从另一个出口走了，我们没等到。

你在地窝子出生那天你大哥一直站在外面远远地等。母亲说，你大哥早就嚷着要个弟弟，他一个人太孤单。老大都这样，他先来了，你们都还没到，他就得等。

你大哥和你之间还有一个，也是男孩，没留住。母亲说。

三弟出生时我和大哥一高一矮站在门外等，从晌午吃过饭，一直等到天快黑时，三弟出生了。

在老黄梁的地窝子里我们又等来一个弟弟和一个妹妹。其他两个弟妹是在黄沙梁出生的。最后一个弟弟出生时，我们已经兄弟姊妹六个，一挨排站在院子里，等了大半天，听见屋子里传来婴儿哭声，我们全拥进去看。又是个男娃。母亲说，这是最后一个了，再没有了。我们全望着母亲，觉得母亲把什么隐藏了。应该还有。还没有来够。我一直认为我会有许多许多的弟弟妹妹，我都看见他们排着长队从很远处一个接一个地走来，我们站在院子里等。我们栽好多树等他们，养好多家畜等他们，种好多地等他们（每年我们都想着再多种点地，多收些粮食，说不定又要添一口人）。

可是母亲说，再没有了。

老皇渠村的地窝子

地窝子门口长着五棵大榆树，两棵向西歪，一棵朝北斜着身子，另两棵弯向东边的大马路。夏天常有过路人走到这儿停下来，在路上的阴凉处歇脚。不时望一眼我们的房子。我们坐在西歪的两棵树荫里，也看着路上人。

日子久了我们便认下这一路人。叫不上名字，不知道他们到哪去，要走多远，却记住了模样。知道他们走过去还会回来。也有不回来的，时间一长被我们忘记。

即使早春和冬天，不需要乘凉，也有人走到这儿停住，放下包裹，蹲在地上缓几口气。似乎这几棵树下的气比别处多似的。

父亲不在的那年夏天，一个中午，路上走来一个瞎子。我们老远看见他背个包袱，头昂得高高，手里的木棍左一下右一下探着路。母亲和大哥拾柴火去了。奶奶、我、三弟、四弟守在家里。小妹刚一岁，抱在奶奶怀里。大中午地窝子里又潮又热，我们只好在榆树下坐着，打一会儿盹，睁眼望一阵远处。

奶奶说，你父亲没打算在这个村里住下去。村子中间有空地方，你父亲不进去。他把地窝子挖在路边，就是想走的时候方便，一抬脚就到路上了。

在甘肃金塔时我们住在城中间，夜里偷着往外跑，一家人背着能带上的家当，偷偷摸摸地走过一条街，又穿过几条黑巷子，才到了车站。

那个小镇的人快跑光了。奶奶说，每天早晨起来都会少几户人。大门锁着，院子空空的。没粮吃，人都慌了，扔下几辈人建起来的家业往外跑。我们家在金塔时有一大院房子，都数不清有多少间。我不想出来，你父亲非要来新疆，没想到把命丢在了这里。

奶奶说着说着就流泪，眼睛不由自主转向河湾荒草间的一堆新土，那是父亲的坟。本来村里死人都埋在西边的碱梁滩。我们在老皇渠村就外爷外奶一家亲戚。母亲请不来更多的人抬棺材。碱梁滩太远。好不容易请来的几个人磨磨蹭蹭，都不愿朝西边去。后来就选了对着我们家门的河湾里简单地埋了。

当时那片河湾只父亲孤零零一座坟，过了一年半旁边多了奶奶的一座坟。又过许多年（二十年或二十二年），又添了姑妈的坟。那时这片河湾已变成大块墓地。曾经和我们、我父亲、奶奶一起在老皇渠村生活过的那一茬人，大部分都埋在了这里。坟地离村子已经很近，似乎死的人突然多起来，人们已懒得将他们埋到远处。

那个瞎子已走到树底下。不知他怎么摸见路的，似乎手中那根木棍头上长着眼睛。快走过树荫了，他突然停住，朝天望了望，两只眼睛瓷实实的。他好像觉到了阴凉，手中的木棍朝东边敲打了几下，愣了一会儿，又突然转身朝西边敲打过来。

我们被他的举动吓坏了，全偎在奶奶身旁，一声不敢吭。路上再没人，村子里也看不见人，只有一个瞎子敲打着木棍朝我一点点走近。他敲到那棵树干了，用一只手摸了摸树皮，又向前走了几步。我们害怕得心都要跳出来。他再走几步，那根木棍就敲到我们的腿了。这时他却停住了，耳朵对着村子那边细听了一会儿，大概听见村子里的狗叫声了，他稍微转了下身，朝着村子那边敲打去了。

后来我们知道这个瞎子是村里一户魏姓人家的老父亲。这户人从口内逃荒来新疆时，把瞎子父亲扔在了家里。后来不知瞎子从哪得到这个地址，背一个包袱，拿一根木棍便上路了。从口内坐火车到新疆首府，又坐汽车到县城，从县城坐马车到乡上，然后步行，一路打问着，用耳朵辨认方向，听着这片荒野上稀疏的狗吠人声，找到一个村子又一个村子，最后来到老皇渠。

他没听见我们家的一丝声息。他几乎从我们脚边走过去。在老皇渠村我们是声音最小的一户人家。只有两次——一次是父亲死了，一次奶奶去世，我们的哭喊声惊动村子。那以后我们度过了愈加悄寂的一段日子，直到一年春天，后父赶来马车，在那个早晨的狗吠声里扒掉房盖，装上不多的几根烂木头和破旧家什离开这个村子。

经常有树根顶破墙壁伸进地窝子。春天墙上一层白毛根。那些细小根须一不小心伸进我们的屋子，几天就长到一拃长。父亲说挖地窝子时砍断了好多树根。一条根有人的大腿粗，是中间那棵歪榆树的，砍它时那棵树不住地抖。

抖下来许多叶子。父亲说。

应该是上个秋天的叶子。父亲挖地窝子是在开春，榆钱才刚吐蕾呢。每年秋天树上都有一些不愿落地的叶子，片片地缀在枝头。秋雨中飘零一些，冬天刮寒风时雪地上坠落几片儿。其余的一直坚守到来年的新叶长出。

一棵树上总有几片老叶子看见下年的新叶子。早先每到春天就听奶奶说这句话。我以为她没事了说废话呢。谁朝春天的榆树上望几眼都能说出比这更有意思的一句话来。

后来我知道奶奶在说我们家斜对过的徐老太太。她们家是村里的老户，一排十几间房子，有钱有势。徐老太太比奶奶还显年轻些，已经抱上玄孙子。奶奶那时已下不了炕，她知道自己熬不到我们长大成人，看不到我们娶妻生子。

那个根又在动了。奶奶说这句话时又是一年春天了。前一年春天她便说过一次。

奶奶说的是从炕底下穿过来的那条粗树根。它一往前伸，地上便“暄”起一层虚土。另一条粗树根贴着南边墙壁向西伸去。那片墙上也常往下掉土。

粗树根是我们家地上唯一的一片硬地皮，劈柴砸东西都垫在粗树根上。一砸到树根，外面的榆树便震动，树上鸟会惊飞起来，有时震落几片叶子。刮大风时屋里的粗树根也会动。它似乎在用劲。耳朵贴上去能听见刮过整棵大树的呜呜风声。

在老皇渠村的那几年，我们似乎生活在地底下。半夜很静时，地上的脚步声停息，能听见土里有一些东西在动。辨不清是树根在往前伸，还是虫子在地下说话。一只老鼠打洞，有一次打到地窝子里。那个洞在半墙上。我们一觉醒来，墙上多了拳头大一个窟窿。地上没土，我们知道是从外面挖进来的。也许老鼠在地下听到了我们的说话声，便朝这边挖掘过来，老鼠知道有人处便有粮食。或许老鼠想建一个粮仓，洞挖得更深更隐秘些，没想到和我们的地窝子打通了。

一到深夜地下的声音便窸窸窣窣，似有似无。尤其半夜里一个人突然觉醒，那些响动无声地压盖过来，像是自己脑子里的声音，又像在土里。那些挖洞的小虫子，小心翼翼，刨一阵土停下来听听动静。这块土地里许多动物在挖洞，小虫子会在地下很灵敏地避开大虫子。大虫子会避开更大的虫子。我们家是这块地下最大的虫子，我们的说话声、哭喊声、锅碗水桶的碰敲声，或许使许多挖向这里的洞穴改变了方向，也使一些总爱与人共居的小生命闻声找到了这里。

除了刮风时树根的响动，我们没听到有什么更大的声音从地下传来。地上的事情一件接一件冲击着我们家。父亲死了。隔两年奶奶也死了。我们像一窝老鼠一样藏在这个村庄的地下，偶尔探头望望，出来晒会儿太阳。村里一阵接一阵地嘈闹着。父亲死后我们的生活大部分在地窝子里。我们开始害怕这个村子。土块在空中乱飞。眼睛发红的狗四处游走，盯着人脸上的肉，腿上的肉。树上很少的枝和叶子。树都没头。鸟惊叫着飞出村子。有时一条狗从屋顶跑过，有时一个人跑过。我们蹲在底下，看屋顶簌簌落土，椽子嘎巴巴响。

下雨时雨水从门口灌进地窝子。门口外打过一道防雨埂子，雨水还是灌进来。尤其一夜大雨，早晨地下全是水，鞋子和脸盆漂在上面。小木凳漂在上面。雨后第一件事是往外端水，一脸盆一脸盆地端。柴火泡湿了，生不了火。炕上毡子被子都湿湿的。

冬天每一场大雪后，门都会堵死。只有从天窗出去，铲开堆在门道口的厚厚积雪，才能打开门。钻天窗是我的本事。先捣开天窗盖，我站到大哥肩上，大哥站到小木凳上。天窗口的积雪一尺多厚，先用手把雪拨开。雪落到大哥脖子里，他就喊，身子使劲晃动。我赶紧一纵身，爬到屋顶。

我们在那几棵大榆树的根下生活了八九年，听到了树的全部声音。树根也听到了我们家的所有声音。它会不会为我们保密。我们可从没向谁说过一棵树的事。尽管我知道树的许多秘密。现在，那些大树一棵都没有时，我才一棵一棵地，讲出那些树的故事。

树在风中哗哗响的时候，我会怀疑是那棵榆树在把我们家的事告诉另一棵树，另一棵又传给另一棵，一时天地间哗哗响彻的，或许是我们一家人的一件细碎小事。

那五棵榆树在我们离开老皇渠村的前一年秋天，被砍掉了两棵。是弯向马路的那两棵。树不是我们家的，我们不敢说什么，我们在这安家时树已经长得很大。

母亲还是上前阻止。他们要全砍掉，搭集体的牛圈棚。母亲说，给我们留下两棵吧，我们啥都没有了，留棵树给我的孩子们乘阴凉吧。

他们先砍倒了两棵。来了好多人。砍树的声音把半村子人都招来了。母亲抱着一棵树流着眼泪。砍倒的两棵大树横在马路上。

要砍中间那棵树了，他们突然犹豫起来。

再别砍了，就剩这几棵大榆树了。

留下吧，让娃娃们乘个凉。

涌来的村里人也开始说话了。

二十多年后的一个清明节，我们兄弟姊妹几个去给父亲和奶奶祭坟。末了转到村子里，找我们家的地窝子旧址，却再找不到了。老皇渠早已重新规划。房子都一排一排整整齐齐的。那条马路不知被他们挪到哪里。我们打问那几棵大榆树。找到那几棵榆树就会找到我们的地窝子遗址。

早没有了。一个村民对我们说。

都没有了几十年了。

高处

一、高处

房子很高，木梯也不结实。我独自爬上房顶往下搬东西。都是些没用的东西，因为没用被放到了高处，多少年房子承受它们，现在快塌了。房顶到处是窟窿，墙上也布满大大小小的裂缝。我一件一件往下扔。开始扔一些小东西，后来扔大东西，它们坠地的声音越来越大，在村子里引起接连不断的巨大回声。我被震住了，站在房上呆呆地不敢动。村子里空荡荡的，又刮起了风，树上没一片叶子，天空也没一点东西飘过。突然又剩下我一个人。梯子趴在墙上，短了半截子，我一下害怕起来，想喊，又不敢叫出声——好多年前母亲让我站在房上看父亲回来没有的那个晚上也是这种感觉。我挪动了两步，房顶嘎巴巴响。我俯下身，趴在一个窟窿上朝里面望，看见家里人全在屋子里，好像刚吃过饭。屋子里很暗，却一切都能看见。父亲斜躺在炕里边抽烟。母亲坐在炕沿纳鞋底，饭桌上堆满空碗，人都没散，静悄悄地围坐在桌子边，大哥、三弟、四弟、梅子，我看见坐在他们中间的我，戴一顶旧黄帽子，又瘦又小，愣愣地想着事情，突然仰起头，惊讶地看着屋顶窟窿上望着自己的一张脸。

二、谁惊扰了我

谁惊扰了我的生长。那时候，我或许会长出更粗壮的枝，生出更多叶子。我或许会朝着夕阳里一只蜻蜓飞去的方向，一直地生活下去。跟一匹逃跑的马去了我不知道的遥远天地，多少年后把骨头和皮还回到村子。或许像一汪水，在某个中午的阳光中，静悄悄地蒸散，变成一朵云在村子上空游来飘去。只有我知道我还在这里。

多少年前，我埋首在这个村庄的土路上慢悠悠走动的时候，心里藏着一个美好去处。尽管我知道这条土路永远通不到那里，但我一直都朝着那个去处不停地迈动脚步：我放牛去野滩的路，上河湾背柴的路，一早扛锨出去傍晚挟一捆青草回来的路，上房顶扒草垛的路，全朝着一个方向。在这块小小的土地上，我来去往返地走了太多的回头路。那时没有人能告诉我，当我这样走到五十岁时，是否离我的目标更近一些呢。

——谁在那时候从背后呔地大喝一声，我猛一抬头，一切都停顿了，消散了。我回过神再走时，已经找不见那个去处。生活变得实际而具体。等候我的是一些永远明摆着的活：赶车、收麦子、劈柴、上河湾割草……

谁的惊扰使我生长成现在这个样子。

或许从来没有。

我沿那条布满阴影的村巷奔跑时，追赶我的只是一场漆黑的大风。让我从村东游逛到村西的，只是和我一样慢悠悠移动的闲淡光阴。我偶尔仰起头，只为云朵和鸟群。我身体里的阵阵激动，是远胜于这个村庄的——另一个村庄的马嘶驴鸣。

三、我受的教育

我会慢慢悟知你对我的全部教育。这一生中，我最应该把那条老死窝中的黑狗称师傅，将那只爱藏蛋的母鸡叫老师。它们教给我的，到现在我才用了十分之一。

如果再有一次机会出生，让我在一根木头旁待二十年，我同样会知道世间的一切道理。这里的每一件事物都蕴含了全部。

一头温顺卖力的老牛教会谁容忍。一头犟牛身上的累累鞭痕让谁体悟到不顺从者的罹难和苦痛。树上的鸟也许养育了叽叽喳喳的多舌女人。卧在墙根的猪可能教会了闲懒男人。而遍野荒草年复一年荣枯了谁的心境。一棵墙角土缝里的小草单独地教育了哪一个人。天上流云东来西去带走谁的心。东荡西荡的风孕育了谁的性情。起伏向远的沙梁造就了谁的胸襟。谁在一声虫鸣里醒来，一声狗吠中睡去。一片叶子落下谁的一生。

一粒尘土飘起谁的一世。

谁收割了黄沙梁后一百年里的所有收成，留下空荡荡的年月等人们走去。

最终是那个站在自家草垛粪堆上眺望晚归牛羊的孩子，看到了整个的人生世界。那些一开始就站在高处看世界的人，到头来只看见一些人和一些牲口。

四、村庄的头

谁是你伸向天空的手——炊烟、树、那根直戳戳插在牛圈门口的榆木桩子，还是我们无意中踩起的一脚尘土。

谁是你永不挪动却转眼间走过许多年的那只脚——盖房子时垫进墙基的沙石、密密麻麻扎入土地的根须、那些深陷泥泞的马蹄牛蹄。或许它一直在用一只蚊子的细腿走路。一只蚂蚁的脚或许就是村庄的脚。它不停地走，还在老地方。

谁是你默默注视的眼睛呢。

那些晃动在尘土中的驴的、马的、狗的、人和鸡的头颅中，哪一颗是你的头呢。

我一直觉得扔在我们家房后面那颗从来没人理识的榆木疙瘩，是这个村庄的头。它想了多少年事情。一只鸡站在上面打鸣又拉粪，一个人坐在上面说话又放屁，一头猪拱翻它，另一面朝天。一个村庄的头低埋在尘土中，想了多少年事情。

谁又是你高高在上的魂呢。

如果你仅仅是些破土房子、树、牲畜和人，如果你仅仅是一片含沙含碱的荒凉土地，如果你真的再没有别的，这么多年我为什么总忘不掉你呢。

为啥我非要回到你的旧屋檐下听风躲雨，坐在你的破墙根晒最后的日头呢。

别处的太阳难道不照我，别处的风难道不吹我的脸和衣服。

我为啥非要在你的坑洼路上把腿走老，在你弥漫尘土和麦香的空气中闭上眼，忘掉呼吸。

我很小的时候，从一棵草、一只鸡、一把铁锨、半碗米开始认识你。当我熟悉你所有的事物，我想看见另一种东西，它们指给我——那根拴牛的榆木桩一年一年地指着高处，炊烟一日一日地指向高处，所有草木都朝高处指。

我仰起头，看见的不再是以往空虚的天际。

走着走着剩下我一个人

开始天不很黑。我们五个人，模模糊糊向村北边走。我们去找两个藏起来的人。

天上滚动着巨石般的厚重云块。云块向东飘移，一会儿堵死一颗星星，一会儿又堵死几颗。我们每走几步天就更黑一层。

“我到渠沿后边去找，你们往前走。”

“曹家牛圈里好像有动静，我去看一下。”

我走在最前边。他们让我在前面走，直直盯着正前方。他们跟在后面，看左边和右边。

天又黑了一些，什么都看不清了。有一块云从天上掉下来，堵住了前面的路。刚才，他们说话的时候，我还看见村北头的缺口处，路从两院房子间穿过去，然后像树一样分杈，消失在荒野里。那时我想，我最多找到那个缺口处，不管找到找不到，我都回家睡觉去。

走着走着突然剩下我一个人。后面没脚步声了。我回头看了一眼，刚才说话的两个人，连影子都不见了，另外两个不知啥时候溜掉的。村子一下子没一丝动静和声音。我正犹豫着继续找呢，还是回去睡觉，也就一愣神的工夫，风突然从天上灌下来，轰的一声，整个地被风掀动，那些房子、圈棚、树和草垛在黑暗中被风刮着跑，一转眼，全不见了。沙土直迷眼睛，我感到我迷向了。风把东边刮到西边，把南边刮到北边，全刮乱了。

“方头。”“韩四。”

我喊了几声。风把我的喊声刮回来，啪啪地扇到嘴上。我不敢再喊。天黑得什么都看不见。我甚至不知道村子到哪去了，路到哪去了。想听见一声狗吠驴鸣，却没有。除了风声什么都没有。大概狗嘴全让风堵住了。驴叫声又被刮回到驴嘴里。

我们从天刚黑开始玩捉迷藏游戏。那时有十几个孩子，乱嘈嘈的一群在地上跑。天上一块一块的云向东边跑。我们都知道天上在刮风。这种风一般落不到地上，那是天上的事情，跟我们村子没关系。头顶的天空像是一条高远的路，正忙着往更高远处运送云、空气和沙尘。有时一片云破了，漏下一阵雨。也下不了多大一阵，便收住。若在白天，地上出现狗一样跑动的云影，迅速地掠过田野和房顶。在晚上天会更黑一层。我们都不大在意这种天气，该玩的玩，该出门的出门，以为它永远跟我们没关系。

可是这次却不同，好像天上的一座桥塌了。风裹着沙尘一头栽下来。我一下就被刮蒙了。像被卷进一股大旋风中心。以往也常在夜里走路，天再黑心里是亮堂的，知道家在哪、回家的路在哪。这次，仿佛风把心中那盏灯吹灭，天一下子黑到了心里。

我双手摸索着走了一会儿，听见那边风声很硬，像碰见了大东西，便小心地挪过去，摸到一堵土墙，不知是谁家的院墙，顺着墙根摸了大半圈，摸到一个小木门，被风刮得一开一合，我刚进去，听见门板在身后啪地合住。

在院子里走了几步，摸见一棵没皮的死树，碗口粗，前移两步，又摸到一棵，也光光的没皮。我停下来努力地回想着谁家院子里长着没皮的两棵树。我闭着眼想的时候，心里黑黑的，所有院子里的树都死了，没有皮。

再往前走几步，摸见房子，接着摸见了门。我在门口蹲下身，听了好一阵，屋里啥声音都没有。直起身，拍了一下门，想叫醒这户人，说我迷路了，让他们送我回去。只轻拍了一下，门的响声把我吓坏了。过了很久，我才把手再伸过去，刚触到门上，咯吱一声，门开了，我以为房主人开的门，站在门口愣了半天，确定没人出来，才小声地说了句，有人吗？没人回答。

往外跑时，我又碰到那棵没皮的死树。或许碰到另一棵没皮的死树。再没找到那个小院门。顺院墙摸了一圈，门像被人堵掉了。扶着墙跳了几下，也没够着墙头，倒扒下来半截土块，酥酥的，掉在地上摔成了碎末子。再往前摸，摸见墙上一个头大的洞，伸手扒了几下，感觉一股风夹着沙土直灌进来。

后来——第二天和以后的那些年，我都再没找见这个长着两棵死树的院子。到现在我也不知道它是谁的家，到底在哪。

可能我在黑暗中摸到了村庄的另一些东西，走进我不认识的另一个院子。它让我多年来一直觉得，这个我万分熟悉的村庄里可能还有另一种生活隐暗地存在着。

走着走着剩下一个人。在这个村庄的夜里谁都会走到这一步。前后左右突然没有了人声。黑暗成了你一个人的。

这只是无数场游戏的结局之一。每一场捉迷藏游戏的最后，都以一个人找不到所有的人而告结束。有时七八个，找另外的七个。被找的人藏在村子的隐秘处，藏得严严实实。找的那伙人却悄悄溜回家睡觉去了。被找的人屏声静气，从前半夜藏到后半夜。开始时怕被找见，藏得又深又静，后来故意露出些破绽和声音，想让人快快找见。再后来干脆跑到马路上，大喊“我在这里”。村子里空空的，连狗都不应一声。也有时藏的人商量好悄悄溜回家去了，让找的人满村子翻找。还有一种情形，藏的人和找的人都溜走了，村子里只剩下月光和风。

更多时候，一群人说好到村外的旧庄子或更远的河湾去玩。总有一个走在前头的。窄窄的路上人排成一长溜子。人在朝远处走的过程中逐渐少了。一会儿一个人往路旁草丛里一蹲，不见了。一会儿另一个往旁边渠沟里一趴，没有了。等走在最前面的人觉察出身后没动静时，他已走得足够远，或已经走到了河湾深处。回过头身后没有一个人，天突然加倍地黑下来。

夜里说的话都可以不算数。

玩过多少年、多少代之后，捉迷藏成了一种无法失传的黑暗游戏，它把本该由许多人承受的一个瞬间的黑全部地留在玩过它的每一个人心里。

从那个墙洞钻出来我再没摸见墙和房子。天好像又黑了一层。记得自己掉进一个坑（或渠）里，爬上来时地平坦了些，我以为走到路上了，朝地上摸，摸见一只脚印，两寸多深。顺脚尖方向摸去，又摸到一只。又一只。在白天我很少看见这样清晰的一行脚印，除非在冬天，雪刚停，先出门的人会踩出单独的一行脚印。平常人和牲畜的脚印混在一起，不是人的脚踩进牛蹄窝里，便是羊蹄子踏入人脚坑中。不知道留下这行脚印的人正走向哪里，我不敢跟着他走。他是一个人。走到剩下一行脚印时，肯定远离了很多事情。我站起身黑黑地瞎走了一阵，觉得腿被草绊住，俯身摸见一棵干草，手被刺了一下，是一棵铃铛刺，这才清醒过来，我已经到村外了。

许多年后我回想这个迷路的夜晚时，想起黑暗中的那些杂草和铃铛刺，它们张开手臂留住了我。没有它们我便昏天黑地地走下去了，在荒野中叫狼吃掉，或者走进另一个村庄，再回不来。

早几年村里丢过两个孩子。都是夜里丢掉的。有人说叫狼吃了。可是找遍荒野都没找到一根骨头。肯定被别的村庄的人偷走了。荒野西边的沙漠里有一两个小村子，听说那里的水有毒，女人喝了生不出孩子，只有让男人上别处偷。背个麻袋，天黑时混进村子，盯住一个玩耍的孩子，趁别人不注意，一把抓住塞进麻袋里背走。他们早准备好了名字，一到家便让孩子叫娘认爹，哭喊也没用。那个村子比黄沙梁更荒远，再大的声音也传不出来，连炊烟都飘不出来。不管你八岁还是十岁。他们会让你又从一岁开始，给你喂奶，抱在怀里亲。反复喊他们给你起的名字。重新让你学走路。你以前走路先出右脚，他们就让你先迈左脚。让你满口的牙换掉重长。头发剃光重长。指甲剪秃重长。直到你完完全全长成他们庄子里的人。把以前的生活遗忘干净。

不知又走了多久，我又摸到一户人家的房子。又不像是房子，一堵很长很长的墙，很久没走到头。这是什么地方。村里从来没有这么长的一堵墙。或许我绕着一院房子走了好多圈。我在黑暗中觉察不出墙的拐角处，那些墙角全是圆的，白天猪在墙角上蹭痒，羊在墙角上蹭痒，牛和马在墙角上蹭痒，几乎把村里所有的墙角都蹭圆了。

还摸到一个小窗户，关着的，手伸过去感到窗框木缝中丝丝缕缕的热气。这是谁家的小窗户呢。扒着窗台站了好一阵，想听见里面人说一句梦话。没有。

许久以后的一个夜晚，我睡不着，听见一条狗围着房子一圈一圈地转。我不知道它要干什么，仿佛我们丢失多年的一条狗在夜里回来了，它找不到门，找不到窗户，只有不停地转。我想起来去看看，却动不了身，胸脯被什么东西压住，也叫不出声。我想起那户无梦人家静悄悄的睡眠，那个夜晚，他们或许一样没有睡着，一家人眼睁睁地躺在炕上，听一个人围着他们的房子走了一圈又一圈。

约莫后半夜，我快要睡着了，被撞了一下，是一个粗木桩。之前我还摸到一条狗身上，狗竟没叫。天黑得连狗都没有了知觉。

木桩上绑一根麻绳，细细的，顺着绳摸去，是一颗牛头，牛一动不动，鼻孔里的气沉缓又均匀。顺着绳摸回来，摸到木桩上的树疙瘩，脚踩上去往上摸，有一个斜杈，滑溜溜的，杈的根部一道斜斧印，已经磨蹭得不刺手——这是韩三家的拴牛桩。一下我全清楚了，仿佛心中的灯哗地全亮了——我和韩三经常在拴牛桩上玩，我最喜欢吊在那个横杈上晃动着身子，有时攀着木桩爬上去，有时站在卧躺的牛背上，一纵身抱住木头。横杈直指的方向，过一条马路，就是我们家院子。

我走着走着突然啥也看不见，眼前一片黑暗。我努力地想着前面的路，突然消失的那些人和事物，着急地喊他们的名字，手胡乱摸索着。两手漆黑。

我知道迟早我会走进那片彻底的黑暗里。它是我一个人的漫漫长夜，说不定什么时候会突然降临。我不会在那样的黑暗中，再迎来光明。太阳永远地照耀到别处。

到那时我会再一次想起那个拴牛的榆木桩，想起它根部让人踩脚的木疙瘩、半腰处斜伸的那个横杈，我会沿着它的指向一直地走回家。我会摸到院门、门上的木纹和板缝，手伸进去，移开顶门的木棍，我会摸到铁锨、挂在墙上的镰刀和绳子，摸到锅台、锅台上的碗、碗沿的豁口和饭迹，摸到掉在桌上的一粒米、一小片馍馍。

当我黑黑地回到家里，没人知道我已经回来，就像没人知道我曾经离开。门静静推开又关住。我蹑足走过梦中的家人，在大土炕的一角悄悄躺下，这时我听见那场天上的大风，正呼啸着离开村子。那些疯狂摇动的树木就要停住，刮到天空的树叶就要落下来，从这个村庄，到整个大地，无边无际的尘埃，就要落下来了。

一场叫刘二的风

树挡日头墙挡风。墙是风不熟悉的一种东西。墙经常绊住风的腿，风打个趔趄，踉跄着穿过村子。比大地还古老的风，经常绊倒在只有几十个年头的土墙根。

风也经常推倒墙。

我们盖房子打好墙后，总要先放一阵，不忙着上顶，人离得远远的，让风去吹。等东风西风全刮过，人才敢放心大胆站在墙根。那时的墙，就可以一立多年，让几代人住在里面。

我们最害怕新盖的房子新垒的墙。新墙没有根。就像村里新来的那些人，看他们跟我们一样在村里走、说话、干活，其实他们脚底下不稳，一看就是外来的生人，走一步看一眼路，东张西望，不刮风都摇晃。不像我们，在这个地方住久了，脚下都生了根——这一脚踩在多少年前的一脚上，又实在又稳，多少年前的一只脚印已经扎入土地两米深，我们踏平的坎、踩出的坑，落到地上的唾沫和头发——是我们早年失去的东西为我们在土地中牢牢扎下了根。

土墙也一样，从地上站起的那一刻起，墙的下半截子便开始一寸一寸扎入土地，成为墙的根。墙会一年年变矮。你别小看一堵半米高的老土墙，它两米高的大半截子已经扎入土中。到了这个时候它就再不会倒。狗一蹿从它上面跃过去，人一叉腿跨过去。谁都可以站在它头顶了，但是没有谁能到达它的深。

一堵老墙和一个老人一样，在村里拥有自己的声誉和地位。如果一堵老墙要倒了，墙身明显地西斜，谁都说这堵墙站不到明天了。人往墙根两米远处用黑灰溜一条线，站在线外边远远地看，没有谁会动手把它推倒。墙啥时候倒是墙的事情。墙直着身子站累了，想斜站一阵也不一定。即使墙真要倒了，一堵墙最后的挣扎和坚持我们也不去干涉。就像一个人快要死了，我们也只能静静站在旁边，等死亡按照它自己的时辰和方式缓缓降临。我们不能因为这个人反正要死了，推他一把，照头给一棒子。

我见过一堵向西斜的墙，硬是让西风顶住，不让它朝西倒下去。一棵朝东歪的树，东风硬把树头折卷向西，树身弯折了三次，最后累死了。西风和东风在大地上比本事。西风过来推倒一堵墙，刮歪几棵树。东风过去掀翻一座房顶，吹散几垛草。西风东风都没把这个村庄当一回事，我们也没当一回事。西风东风都刮过去了，黄沙梁变成了这个样子。我变成这个样子——每一棵树都是一场风，每一个人都是一场风，每堵墙都是一场风，每条狗每只蚂蚁都是一场风。在这一场场永远刮不出去、刮不到天上、无人经历的弱小微风中，有一场叫刘二的风，已经刮了三十多年了。

只有故土

我熟悉你褐黄深厚的壤土，略带碱味的水和干燥温馨的空气，熟悉你天空的每一朵云、夜夜挂在头顶的那几颗星星。我熟悉你沟梁起伏的田野上的每一样生物、傍晚袅袅的炊烟中人说话的声音、牛哞声、开门和关门的声音……

在黄沙梁，我夕阳一样熄灭的目光会在第二天早晨，重新照亮村子，散落尘间的音容笑貌是一粒粒的种子。当我消失，我又回到你一年一度、生生不息的轮回中，回到你最初的充满幻想与欢喜的孕育中。回啊，如果有第二次，如果真有第二次，我还从你这里开始——像再长出麦子和玉米，再结出苹果和草籽，再开放兰花和月季一样，让你再生出我。

我的故乡母亲啊，当我在生命的远方消失，我没有别的去处，只有回到你这里——我没有天堂，只有故土。

走近黄沙梁

我一直在找一个机会回来，二十年前，当我坐在装满旧家具和柴火木头的拖拉机上，看着黄沙梁村一摇一晃远去时，我就想到了我还会回来。那时我并不知道这个小村庄对我的一生有多大意义。它像做一件泥活一样完成了我。在我像一团泥巴可以捏来塑去的那时，它把我顺手往模子里一扔，随意捣揉一番，一块叫刘二的土块便成形了。在那一刻，我还有许多重塑的机会，如果它觉得不满意，可以揉扁，洒点水，重脱一次，再重脱一次。但我知道一个村庄不会把更多的时间花在一个人身上，尽管一个人可以把一生时光耗费到村庄。可是现在不行了。土块已经变硬、成形。我再也无法成为另外一个人。甚至，无法再成为别的地方的人。尽管我以后去过许多地方，在另外的土地和人群中生活多年，它们最终没有改变我。在我对许许多多的人生目标感到无望和淡漠时，我发现自己正一步步地走近这个叫黄沙梁的村子。

我记得我们是在哗哗的落叶声里离开黄沙梁村。满天空飞着叶子，拖拉机碾起的一长溜尘土，像一面大旗向东飘扬。我记住那场风的颜色，金黄金黄。记住那些树在风中弯曲的样子，这跟每年秋天的风没什么不同。每年秋天，我们都在一场一场的西风里，把田野上最后的一点粮食收回来，最后一片禾秆割倒，拉回家码上草垛，赶到头一场雪落下时，地里的活已全部干完，一年就算结束了。腾空的田野里除了放牲口、落雪，再没有人的事情。

只是这一次，我们在这片田野上的活彻底干完了。我们扔下几十年的生活。不知将要搬去的那地方的风会怎样地吹刮我们。

拖拉机刚一出村两个妹妹便哭了。母亲一声不吭。我侧躺在车厢的最后面，面朝着村子，一把干草遮在脸上，泪水禁不住流了出来。

这是我们第二次搬家了。

应该是第三次。第一次是父母从甘肃逃荒到新疆。我从没问过母亲，从甘肃金塔县到新疆乌鲁木齐再到沙湾县城那段漫长路途中发生的事情，我相信属于母亲的记忆，迟早会传到我这里。

“到老黄渠村的第二年你就出生了，生在你父亲挖的地窝子里。进新疆时我们家四口人，你来了，又多了一口。”

早年我听母亲说起过一次。我有心没心地听着，像听一件跟自己没关系的事情。母亲说的是她自己的记忆。我还不知道那时我一睁眼看见的、我在母亲腹中听见和感觉到的一切是什么样子。

“我们在金塔住高高的房子，到新疆住进一个挖在地下的坑洞里，里面阴冷潮湿，我还想着，我在这个黑洞洞的地窝子里能生出一个怎样的孩子。

“你在肚子里动的时候我有一种奇怪的感觉，觉得你已经懂事了，啥都知道。生你大哥时我没感到什么，生你弟弟妹妹时也没这种感觉。

“你爹给你起了小名，叫进疆子。意思是进新疆得子。后来又起了大名，里面有了个亮字。”

从我记事起村里人就叫我刘二，一直这样叫。家从老皇渠村搬到黄沙梁后还这样叫。他们叫我大哥刘大，叫我两个弟弟刘三、刘四。我知道如果我不离开黄沙梁，等我五十岁或六十岁时，他们就会叫我刘老二。

扔掉的路

路像河道一样嵌在村子里，至少沉下去半米。我在的时候路和地面是平的，只有两道浅浅车辙。现在上面淤满溏土，似乎我们搬走后路上过去一些大东西、重东西。其实，我知道不会有比一个家、一个人的一生更重大的东西经过这地方。

是人把路压下去了。

路磨人时人也在磨损路。那些土被人和牲畜踩起，随风飘落到远处。也落到人头上脊背上。那些背柴人、背草的人、往回背粮食的人，不知道自己一辈子背回来最多的是路上的尘土。尤其下过雨，路上的泥被那些脚和蹄子带到各自的去处。这样路便越走越深。深到望不到两旁的东西。深到人走不出去。这一路人便消失了。

另一条路出现在地上。另一些人和牲口开始来来去去地走动。也是永远都走不远。走出去一里，原走回来一里。

最终也会走得找不见。

我看见过一条扔掉的路，像一条渠沟夹在旧庄子中间。沟里长满碱蒿子，我一下去，半个身子不见了。父亲说那是条走坏的路，扔掉七八十年了。我不知道是路先坏的还是旁边那些房子先破的。现在看来，似乎所有东西都不行了人才会被迫搬走。

如果我在黄沙梁一直住下去，我一样会看到这个村里的一切最终破败到底：锨刃磨钝，镰刀变成一弯废铁，墙倒塌井水枯竭，木门和家具被虫蛀朽，虫老死，牲口仅剩下出气的力气。

也许我看不到这些。一个村庄彻底破败之前，会有一大批人老死在村庄里。我会是其中的一个。一把锨把折断前就有人病死。一截麻绳磨细时就有人老死。我在黄沙梁还没活到一棵树长粗已经经历了五个人的死。那时全村三十二户，二百一十一口人，我十三岁，或许稍小些，但不是最小的。我在那时看见死亡一个人一个人向我这边排。

留下这个村庄

我没想这样早地回到黄沙梁。应该再晚一些。再晚一些。黄沙梁埋着太多的往事。我不想过早地触动它。一旦我挨近那些房子和地，一旦我的脚踩上那条土路，我一生的回想将从此开始。我会越来越深地陷入以往的年月里，再没有机会扭头看一眼我未来的日子。

我来老沙湾只是为了离它稍近一些，能隐约听见它的一点声音，闻到它的一丝气息。我给自己留下这个村庄，今生今世，我都不会轻易地走进它，打扰它。

我会克制地，不让自己去踩那条路、推那扇门、开那页窗……在我的感觉中它们安静下来，树停住生长，土路上还是我离开时的那几行脚印，牲畜和人，也是那时的样子，走或叫，都无声无息。那扇门永远为我一个人虚掩着，木窗半合，树叶铺满院子，风不再吹刮它们。

我曾在一个秋天的傍晚，站在黄沙梁东边的荒野上，让吹过它的秋风一遍遍吹刮我的身体。我本来可以绕过河湾走进村子，却没这样做。我在荒野上找我熟悉的一棵老榆树。连根都没有了。根挖走后留下的树坑也让风刮平了。我只好站在它站立过的那地方，像一截枯木一样，迎风张望着那个已经光秃秃的村子。

我太熟悉这里的风了。多少年前它这样吹来时，我还是个孩子。多少年后我依旧像一个孩子，怀着初次的、莫名的惊奇、惆怅和欢喜，任由它一遍遍地吹拂。它吹那些秃墙一样吹我长大硬朗的身体。刮乱草垛一样刮我的头发。抖动树叶般抖我浑身的衣服。我感到它要穿透我了。我敞开心，松开每一节骨缝，让穿过村庄的一场风，呼啸着穿过我。那一刻，我就像与它静静相守的另一个村庄。它看不见我。我把它的一草一木，一事一物，把所有它知道不知道的全拿走了，收藏了，它不知觉。它快变成一片一无所有的废墟和影子了，它不理识。

还有一次，我几乎走到这个村庄跟前了。我搭乘认识不久的一个朋友的汽车，到沙梁下的下闸板口村随他看亲戚。一次偶然相遇中，这位朋友听说我是沙湾县人，就问我知不知道下闸板口村，他的老表舅在这个村子里，也是甘肃人，三十年前逃荒进新疆后没了音信，前不久刚联系上。他想去看看。

我说我熟悉那个地方，正好也想去一趟，可以随他同去。

我没告诉这个朋友我是黄沙梁人。一开始他便误认为我在沙湾县城长大。我已不太像一个农民。当车穿过那些荒野和田地，渐渐地接近黄沙梁时，早年的生活情景像泉水一般涌上心头。有几次，我险些就要忍不住说出来了，又觉得不应该把这么大的隐秘告诉一个才认识不久的人。

故乡是一个人的羞涩处，也是一个人最大的隐秘。我把故乡隐藏在身后，单枪匹马去闯荡生活。我在世界的任何一个地方走动、居住和生活，那不是我的，我不会留下脚印。

我是在黄沙梁长大的树木，不管我的杈伸到哪里，枝条蔓过篱笆和墙，在别处开了花结了果，我的根还在黄沙梁。

他们整不死我，也无法改变我。

他们可以修理我的枝条，砍折我的丫杈，但无法整治我的根。他们的刀斧伸不到黄沙梁。

我和你相处再久，交情再深，只要你没去过（不知道）我的故乡，在内心深处我们便是陌路人。

汽车在不停的颠簸中驶过冒着热气的早春田野，到达下闸板口村已是半下午。这是离黄沙梁最近的一个村子，相距三四里路。我担心这个村里的人会认出我。他们每个人我看着都熟悉，像那条大路那片旧房子一样熟悉。虽然叫不上名字。那时我几乎天天穿过这个村子到十里外的上闸板口村上学，村里的狗都认下我们，不拦路追咬了。

我没跟那个朋友进他老表舅家。我在马路上下了车。已经没人认得我。我从村中间穿过时，碰上好几个熟人，他们看一眼我，原低头走路或干活。蹿出一条白狗，险些咬住我的腿。我一蹲身，它后退了几步。再扑咬时被一个老人叫住。

“好着呢嘛，老人家。”我说。

我认识这个老人。我那时经常从他家门口过。这是一大户人家，院子很大，里面时常有许多人。每次路过院门我都朝里望一眼。有时他们也朝外看一眼。

老人家没有理我的问候。他望了一眼我，低头摸着白狗的脖子。

“黄沙梁还有哪些人？”我又问。

“不知道。”他没抬头，像对着狗耳朵在说。

“王占还在不在？”

“在呢。去年冬天见他穿个皮袄从门口过去。不过也老掉了。”他仍没抬头。

我又问了黄沙梁的一些事情，他都不知道。

那村子经常没人。他说，尤其农忙时一连几个月听不到一点人声。也不知道在忙啥。

我走出村子，站在村后的沙梁上，久久久久地看着近在眼底的黄沙梁村。它像一堆破旧东西扔在荒野里。正是黄昏，四野里零星的人和牲畜，缓缓地朝村庄移动。到收工回家的时候了。烟尘稀淡地散在村庄上空。人说话的声音、狗叫声、开门的声音、铁锨锄头碰击的声音……听上去远远的，像远在多少年前。

我莫名地流着泪。什么时候，这个村庄的喧闹中，能再加进我的一两句声音，加在那声牛哞的后面，那个敲门声前面，或者那个母亲叫唤孩子的声音中间……

我突然那么渴望听见自己的声音，哪怕极微小的一声。

我知道它早已经不在那里。

只剩下风

我想听见风从很远处刮来的声音，听见树叶和草屑撞到墙上的声音，听见那根拴牛的榆木桩直戳戳划破天空的声音。

什么都没有。

只有空气，空空地跑过去。像黑暗中没有偷到东西的一个贼。

西边韩三家院子只剩下几堵破墙，东边李家的房子倒塌在乱草里，风从荒野到荒野，穿过我们家空荡荡的院子。再没有那扇一开一合的院门，像个笨人掰着手指一下一下地数着风。再没有圈棚上的高高草垛，让每一场风都撕走一些，再撕走一些，把呜呜的撕草声留在夜里。

风刮开院门是一种声音，父亲夜里起来去顶住院门时又是另一种声音——风被挡住了。风在院门外喊，像我们家的一个人回来晚了，进不了门。我们在它的喊声里醒来，听见院门又一次被刮开，听见风呼呼地鼓满院子，顶门的歪木棍扑腾倒在地上，然后一声不吭。它是歪的，滚不动。

我一直清楚地记得父亲在深夜走过院子的情景，记得风吹刮他衣服的声音。他或许弓着腰，一手按着头上的帽子，一手捂着衣襟，去关风刮开的院门。刮风的夜晚我们都不敢出去，或者装睡不愿出去。躺在炕上，我听见父亲在院子里走动，听见他的脚步被风刮起来，像树叶一样一片接一片飘远。

那样的夜晚我总有一种隐隐的担心。门大敞着，我总是害怕父亲会顶着风走出院门，走过马路，穿过路那边韩三家的院子，一直走进西边的荒野里，再不回来。

许多年前，先父就是在这样一个深夜（深得都快看见曙色了），独自从炕上坐起来，穿好衣裳出去，再没有回来。那时我太小了，竟没听见他开门关门的声音，没听见他走过窗口的脚步和轻微的一两声咳嗽。或许我听见了。肯定听见了。只是我还不能从记忆里认出它们。

那时候，一刮风我便能听见远远近近的各种声音。地下密密麻麻的树根将大地连接在一起，树根之间又有更密麻的草根网在一起，连树叶也都相连着，刮风时一片叶子一动，很快碰动另一片，另一片又碰动另一片，一会儿工夫，百里千里外的树叶像骨牌一样全哗啦啦动起来。那时我耳朵贴在黄沙梁任何一棵树根上，就能听见百里外另一棵树下的动静。那时我随便守住一件东西，就有可能知道全部。

可是现在不行了，什么都没有了。大树被砍光，树根朽在地里。草成片枯死。土地龟裂成一块一块的。能够让我感知大地声息的那些事物消失了，只剩下风，它已经没有内容。

父亲

我们家搬进这个院子的第二年，家里的重活开始逐渐落到我们兄弟几个身上，父亲过早地显出了老相，背稍重点的东西便显得很吃力，嘴里不时嘟囔一句：我都五十岁的人了，还出这么大力气。

他觉得自己早该闲坐到墙根晒太阳了。

母亲却认为他是装的。他看上去那么高大壮实，一只胳膊上的劲，比我们浑身的劲都大得多。一次他发脾气，一只手一拨，老三就飞出去三米远。我见他发过两次火，都是对着老三、老四。我和大哥不怎么怕他，时常不听他的话。我们有自己的想法。我们一到这个家，他便把一切权力交给了母亲。家里买什么不买什么，都是母亲说了算。他看上去只是个干活的人，和我们一起起早贪黑。每天下地都是他赶车，坐在辕木上，很少挥鞭子。他嫌我们赶不好，只会用鞭子打牛，跑起来平路颠路不分。他试着让我赶过几次车。往前走叫“呔球”。往左拐叫“嗷”。往右叫“外”。往后退叫“缩、缩”。我一慌忙就叫反。一次左边有个土疙瘩，应该喊“外”让牛向右拐绕过去。我却喊成“嗷”。牛愣了一下，突然停住，扭头看着我，我一下不好意思，“外、外”了好几声。

我一个人赶车时就没这么紧张。其实根本用不着多操心，牛会自己往好路上走，遇到坑坎它会自己躲过。它知道车轱辘碰到疙瘩陷进坑都是自己多费劲。

我们在黄沙梁使唤老了三头牛。第一头是黑母牛，我们到这个家时它已不小岁数了，走路肉肉的，没一点脾气。父亲说它八岁了。八岁，跟我同岁，还是孩子呢。四弟说。可牛只有十几岁的寿数，活到这个年龄就得考虑卖还是宰。黑母牛给我印象最深的是那副木讷神情。鞭子抽在身上也没反应。抽急了猛走几步，鞭子一停便慢下来，缓缓悠悠地挪着步子。父亲已经适应了这个慢劲。我们不行，老想快点走到地方，担心去晚了柴被人砍光草被人割光。一见飞奔的马车牛车擦身而过，便禁不住抡起鞭子，“呔球、呔球”叫喊一阵。可是没用。鞭抽在它身上就像抽在地上一样，只腾起一股白土。黑母牛身上纵纵横横爬满了鞭痕。我们打它时一点都不心疼。似乎我们觉得，它已经不知道疼，再多抽几鞭就像往柴垛上多摞几棵柴一样无所谓了。它干得最重的活就是拉柴火，来回几十公里。遇到上坡和难走的路，我们也会帮着拉，肩上套根绳子，身体前倾着，那时牛会格外用力，我们和牛，就像一对兄弟。实在拉不动时，牛便伸长脖子，晃着头，哞哞地叫几声，那神情就像父亲背一麻袋重东西，边喘着气边埋怨：我都快五十岁的人了，还出这么大力气。

一年后，我才能勉强地叫出父亲。父亲一生气就嘟囔个不停。我们经常惹他生气。他说东，我们朝西。有一段时间我们故意和他对着干，他生了气跟母亲嘟囔，母亲因此也生气。在这个院子里我们有过一段很不愉快的日子。后来我们渐渐长大懂事，父亲也渐渐地老了。

我一直觉得我不太了解父亲，对这个和我们生活在一起叫他父亲的男人有种难言的陌生。他会说书，讲故事，在那些冬天的长夜里，母亲在油灯旁纳鞋底，我们围坐在昏暗处，听父亲说着那些陌生的故事，感觉很远处的天，一片一片地亮了。我不知道父亲在这个家里过得快不快乐，幸福不幸福。他把我们一家人接进这个院子后悔吗。现在他和母亲还有我最小的妹妹妹夫一起住在沙湾县城。早几年他喜欢抽烟，吃晚饭时喝两盅酒。他从不多喝，再热闹的酒桌上也是喝两盅便早早离开。我去看他时，常带点烟和酒。他打开烟盒，自己叼一根，又递给我一根烟——许多年前他第一次递给我烟时也是这个动作，手臂半曲着，伸一下又缩一下，脸上堆着不自然的笑，我不知所措。现在他已经戒烟，酒也喝得更少了。我不知道该给他带去些什么。每次回去我都在他身边，默默地坐一会儿。依旧没什么要说的话。他偶尔问一句我的生活工作，就像许多年前我拉柴回到家，他问一句“牛拴好了吗？”我答一句。又是长时间的沉默。

木匠

一个人在夜里敲打东西，我睡不着。外面刮着清风，有一阵没一阵，好像大地在叹气。敲打声一下一下蹦到高空，又顺风滑落下来，很沉地撞着地。

冯三一躺倒就开始说梦话，还是昨晚上说过的内容，他在跟梦中的一个人对话。他说一句，那个人说一句。我听不见他梦中那个人说些什么，所以无法明白冯三说话的全部内容。有一阵冯三长时间不吭声，他说了半句话，突然停住。我侧起身耳朵贴近他的头，想听听梦中打断他说话的那个人正在说些什么。房子里亮堂堂的，那扇糊着报纸落满尘土的小窗户，还是把月光放了进来。

一连两个晚上，我一睡倒，便感到自己躺在一片荒野上。冯三做梦的身体远远地横着，仿佛多少年的野草稀稀拉拉地荒在我们之间。

梦离他的身体又有多远。

我也睡着，我的梦离冯三的梦又有多远。

曾经是我们一家人睡了多少年的这面土炕上，冯三一个人又躺了多年。他一觉一觉地延接下去的已经不是我们家的睡眠。但他夜夜梦见的，会不会全是我们以往的生活呢。

在那些生活将要全部地、无可挽救地变成睡梦的时候，我及时地赶了回来。

外面亮得像梦中的白天。风贴着地面刮，可以感到风吹过脚背，地上的落叶吹出一两拃远便停住。似乎风就这么一点点力气。

那个敲打声把我喊出了门，它在敲打一件我认识的东西。我必须出去看看。我十一岁那年，有个木匠想带我出去跟他学手艺。他给母亲许诺，要把所有木工手艺都传给我。母亲问我去不去。我没有主意，站着不吭声。

那个木匠在他叮叮咣咣的敲打声里，把我熟悉的木头棍棍棒棒变成了桌子、板凳和木箱。

我的影子黑黑地躺在地上，像一截烧焦的木头。其他东西的影子都淡淡的，似有似无，可能月光一夜一夜地，已经渗透那些墙和树木，把光亮照到它们的背阴处。我在这个地方少待了二十年。二十年前，这里的月光已经快要照透我了。我在别处长出的一些东西阻挡了它。

整个村子静静的，只有一个声音在响。我能听出来，是这个村子里的一件东西在敲打另一件东西。不像那个木匠，用他带来的一把外地斧头，砍我们村的木头，声音生刺生刺，像不认识的两条狗狠劲相咬，一点不留情。

许多年前的一个中午，一群孩子围在我们家院子里，看一个外地来的木匠打制家具。他的工具锁在一个油黑的木箱里，用一件取一件，不用的原装进去锁住。一件也不让人动。

那群孩子只有呆呆地看着他在木头上凿眼，把那些木棍棍锯成一截一截的，摆放整齐。其中一个孩子想，要能用一下他的刨子，把这块木板刨平该多好呀。另一个想，能动动他的墨盒，在这根歪木头上打一根直直的黑线多好。

吃午饭时，那群孩子看着大人们给木匠单独做的白面馍馍，炒的肉菜。

长大了我也要当木匠。一个孩子说。

我也背个木箱四处去给人家做家具。另一个孩子说。

赶我们长大不知还有没有木头了。另一个孩子想。

我记不清自己为什么没有跟那个木匠去学艺，而是背着书包去了学堂。

那个木匠临走前在门外等了好长一阵。母亲把我拉进屋里。忘了是劝我去还是劝我不去。出来时，那个木匠刚刚离去。他踩起的一溜土还没落下来。

那群孩子中的一个，后来果真当了木匠。现在他就在我面前敲打着一样家具，身旁乱七八糟堆着些木料。一盏灯高挂在草棚顶上。我站在院墙外的黑暗处，想不起这个人的名字。但他肯定是那群孩子中的一个，过去多少年后，一个村庄里肯定有一大批人把孩提时候的梦想忘得一干二净。肯定还会有一个人默无声息地留下来，那一代人最初的生存愿望，被他一个人实现了。尽管这种愿望早已经过时。

我没去打扰他。

他抡一把斧子，干得卖力又专心。不知他能不能听到他的敲打声。整个村子在这个声音里睡着了。我猜想他已经叮叮当当地敲打了多少年。他的敲打声和狗吠鸡鸣一样已经成为村子的一部分。他砍这根木头时，村子里其他木头在听。他敲那个铆时，他早年敲紧现已松懈的一个铆在某个人家的屋角里微微颤动。

我从来没把哪件活干到他这种程度。面对这个年纪与我相仿的人，我只能在一旁悄悄站着，像一根没用的干木头。

一截土墙

我走的时候还年轻，二十来岁。不知我说过的话在以后多少年里有没有人偶尔提起。我做过的事会不会一年一年地影响着村里的人。那时我曾认为什么是最重要迫切的，并为此付出了多少青春时日。现在看来，我留在这个村庄里影响最深远的一件事，是打了这堵歪扭的土院墙。

我能想到在我走后的二十年里，这堵土墙每天晌午都把它的影子，从远处一点一点收回来，又在下午一寸寸地覆盖向另一个方向。它好像做着这样一件事：上午把黑暗全收回到墙根里，下午又将它伸到大地的极远处。一堵土墙的影子能伸多远谁也说不清楚，半下午的时候，它的影子里顶多能坐三四个人，外加一条狗，七八只鸡。到了午后，半个村庄都在阴影中。再过一会儿，影子便没了尽头。整个大地都在一堵土墙的阴影里，也在和土墙同高的一个人或一头牛的阴影里。

我们从早晨开始打那截墙。那一年四弟十一岁，三弟十三岁，我十五岁。没等我们再长大些那段篱笆墙便不行了。根部的枝条朽了，到处是豁口和洞。几根木桩也不稳，一刮风前俯后仰，呜呜叫。那天早晨篱笆朝里倾斜，昨天下午还好端端，可能夜里风刮的。我们没听见风刮响屋檐和树叶。可能一小股贼风，刮斜篱笆便跑了。父亲打量了一阵，过去蹬了一脚，整段篱笆齐齐倒了。靠近篱笆的几行菜也压倒了。我们以为父亲跟风生气，都不吭声地走过去，想把篱笆扶起来，再栽几个桩，加固加固。父亲说，算了，打段土墙吧。

母亲喊着吃早饭啦。

太阳从我们家柴垛后面，露出小半块脸。父亲从邱老二家扛来一个梯子，我从韩四家扛来一个梯子。打头堵墙得两个梯子，一头立一个，两边各并四根直椽子，拿绳绑住，中间槽子里填土，夯实，再往上移椽子，墙便一截一截升高。

我们家的梯子用一根独木做的，打墙用不着。木头在一米多高处分成两叉，叉上横绑了几根木棍踏脚，趴在墙上像个头朝下的人，朝上叉着两条腿，看着不太稳当，却也没人掉下来过。梯子稍短了些，搭斜了够不着，只能贴墙近些，这样人爬上去总担心朝后跌过去。梯子离房顶差一截子，上房时还容易，下的时候就困难，一只脚伸下来，探几下挨不着梯子。挨着了，颤颤悠悠不稳实。

只有我们家人敢用这个梯子上房。它看上去确实不像个梯子。一根木头顶着地，两个细叉挨墙，咋看都不稳当。一天中午正吃午饭，韩三和婆姨吵开了架，我们端碗出来看，没听清为啥。架吵到火爆处，只听韩三大叫一声“不过了”，砰砰啪啪砸了几个碗，顺手一提锅耳，半锅饭倒进灶坑里，激起一股烟灰。韩三提着锅奔到路上，抡圆了一甩，锅落到我们家房顶上，腾的一声响。我父亲不愿意了，跑出院子。

“韩三，你不过了我们还要过，房顶砸坏了可让你赔。”

下午，太阳快落时，我们在院子里乘凉，韩三进来了，向父亲道了个歉，说要把扔到房顶上的锅取回去做饭。婆姨站在路上，探着头望，不好意思进来。父亲说，你自己上去拿吧。我这房顶三年没漏雨，你一锅砸下去要是漏开了雨，到时候可要你帮着上房泥。韩三端详着梯子不敢上，回头叫来了儿子韩四娃，四娃跟我弟弟一样大，爬了两下，赶紧跳下来。

“没事。没事。”我们一个劲喊着，他们还是不敢上，望望我们，又望望梯子，好像认为我们有意要害他们。

后来四娃扛来自家的梯子，上房把锅拿下来。第二年秋天那块房顶果然漏雨了。第三年夏天上了次房泥，我们兄弟四个上的，父亲也参加了。那时我觉得自己已经长大，没什么是我不能干的。

原以为父亲会带着我们打那堵墙。他栽好梯子，椽子并排绑起来，后退了几步，斜眼瞄了几下，过来在一边架子上跺了两脚，往槽子里扔了几锨土，然后扛着锨下地去了。

父亲把这件活扔给我们兄弟仨了。

我提夯，三弟四弟上土。一堵新墙就在那个上午缓慢费力地向上升起。我们第一次打墙，但经常看大人们打墙，所以不用父亲教就知道怎样往上移椽子，怎样把椽头用绳绑住，再用一个木棍把绳绞紧别牢实。我们劲太小，砸两下夯就得抱着夯把喘三口气。我们担心自己劲小，夯不结实，所以每一处都多夯几次，结果这堵墙打得过于结实，以至多少年后其他院墙早倒塌了，这堵墙还好端端站着，墙体被一场一场的风刮磨得光光溜溜，像岩石一样。只是墙中间那个窟窿，比以前大多了，能钻过一条狗。

这个窟窿是我和三弟挖的，当时只有锨头大，半墙深。为找一把小斧头我们在刚打好的墙上挖了一个洞。墙打到一米多高，再填一层土就可以封顶时，那把小斧头不见了。

“会不会打到墙里去了。”我望着三弟。

“刚才不是你拿着吗，快想想放到哪儿了。”三弟瞪着四弟。

四弟坐在土堆上，已经累得没劲说话。眼睛望着墙，愣望了一阵，站起来，举个木棍踮起脚尖在墙中间画了一个斧头形状。我和三弟你一锨我一锨，挖到墙中间时，看见那把小斧头平躺在墙体里，像是睡着了似的。

斧头掏出后留下的那个窟窿，我们用湿土塞住，用手按瓷实。可是土一干边缘便裂开很宽的缝隙，没过多久便脱落下来。我们再没去管它，又过了许久，也许是一两年，或者三五年，那个窟窿竟通了，变成一个洞。三弟说是猫挖通的，有一次他看见黑猫趴在这个窟窿上挖土。我说不是，肯定是风刮通的。我第一次趴在这个洞口朝外望时，一股西风猛蹿进来，水桶那么粗的一股风，夹带着土。其他的风正张狂地翻过院墙，顷刻间满院子是风，树疯狂地摇动，筐在地上滚，一件蓝衣服飘起来，袖子伸开，像个半截身子的人飞在天上。我贴着墙，挨着那个洞站着。风吹过它时发出喔喔的声音，像一个人鼓圆了嘴朝远处喊。夜里刮风时这个声音很吓人，像在喊人的魂，听着听着人便走进一场遥远的大风里。

后来我用一墩骆驼刺把它塞住，根朝里，刺朝外，还在上面糊了两锨泥，刮风时那种声音就没有了。我们搬家那天看见院墙上蹲着坐着好些人，才突然觉得这个院子再不是我们的了，那些院墙再也阻挡不住什么，人都爬到墙头上了。我们在的时候从没有哪个外人敢爬上院墙。从它上面翻进翻出的，只有风。在它头上落脚、身上栖息的只有鸟和蜻蜓。

现在那些蜻蜓依旧趴在墙上晒太阳，一动不动。它们不知道打这堵墙的人回来了。

如果没有这堵墙，没有二十年前那一天的劳动，这个地方可能会长几棵树、一些杂草。也可能光秃秃，啥也没有。

如果我乘黑把这堵墙移走，明天蜻蜓会不会飞来，一动不动，趴在空气上。

如果我收回二十年前那一天（那许多年）的劳动，从这个村庄里抽掉我亲手给予它的那部分——韩三家盖厨房时我帮忙垒的两层土块抹的一片墙泥、冯七家上屋梁时我从下面抬举的一把力气、我砍倒或栽植的树、踏平或踩成坑凹的那段路、我收割的那片麦地、乘夜从远处引来的一渠水、我说过的话、拴在门边柱子上的狗、我吸进和呼出的气、割草喂饱的羊和牛——黄沙梁会不会变成另个样子。

或许已经有人，从黄沙梁抽走了他们给予它的那部分。有的房子倒了，有的路不再通向一个地方，田野重新荒芜，树消失或死掉。有的墙上出现豁口和洞，说明有人将他们垒筑的那部分抽走了。其他人的劳动残立在风雨中。更多的人，没有来得及从黄沙梁收回他们的劳动。或许他们忘记了，或许黄沙梁忘记了他们。

过去千百年后，大地上许多东西都会无人认领。

两个村子

我把黄沙梁和老皇渠当成了一个村子。在我多少年的梦境与回忆中，它们叠合在一起。

两个村子里都横着一条不知修于何年从没见淌水的大渠，渠沿又高又厚实。村子都坐落在河的拐弯处。河挨着村子拐向远处，又在村后绕回来，形成一大片河湾地。

这是同一条河——玛纳斯河。

我那时真不知道有一天会来到这条河的下游。在一条河结束的地方，我们开始新的生活。河流到黄沙梁村已经没劲了，几乎看不出它在流动，但仍绕着弯子，九曲回肠地流过荒野，消失在远处的沙漠里。

在黄沙梁那些漫长的日日夜夜，我从没听见这条河的声音。它流得太静了，比村里任何一个人都静。比躺在院子里那根干木头都静（它在日光下晒久了，会噼啪一声，裂一道口子）。比一堵墙一块土块都静。

我想起那个黄昏穿过村子走远的一个外地人——低着头，弓着腰，驮一个破旧包裹，小心地迈着步子，不踩起一粒土，不惊动一条狗、一只鸡，甚至不抬头看一眼旁边的树和房子，只是盯着路，悄悄静静地穿过村子走了。

多少年后我还想起这个人，是因为那一刻我一样悄静地站在路边，我带的黑狗一声不响站在我身边。还有，我身后的这个小村庄，一样安安静静，让一个陌生人毫无惊扰地穿过村子走了。

这个人从河东边来的，他的湿裤腿还滴着水珠，鞋子提在手里。一行光脚印很快被随后涌来的羊群踩没了。羊的身上也湿淋淋的。那时河上没桥，人畜都蹚水过河。

老皇渠村那段河上也没桥。刮东风时河的流淌声传进村里。河在那一段流得着急，像匆忙赶路，水面常漂走一些东西：木头、树枝、瓷盆和衣服。一年早春，父亲死在河湾里。父亲天没亮扛锨出去，大中午了没回来。母亲说，你爹出事了，赶快去找。

我们都不知道会出什么事。母亲的哭喊声惊动了村里人，都出来帮着找。半中午时才找到，父亲的铁锨插在河岸上，远远的母亲看见了，认了出来。雪刚消尽，岸上一片泥泞，我们一家人哭叫着朝河边跑。

那时我们家有八口人。大哥十岁，我七岁，最小的妹妹未满周岁。父亲死了，剩下七口人。过了一年多奶奶也死了，剩下母亲和我们未成年的五个孩子。又熬了两年，母亲再嫁，我们一家搬到黄沙梁。

也是一个早春，来接我们的后父赶一辆大马车，装上我们一家人和全部家当，顺着玛纳斯河西岸向北走。在摇摇晃晃的马车上，我们一直看着河湾里父亲和奶奶的坟渐渐远去、消失，我们生活了许多个年头的老皇渠村一点点地隐没在荒野尽头。一路上经过了三两个村子。有村子的地方河便出现一次，也那样绕一个弯，又不见了。

从半下午，到天黑，我们再没看见河，也没听见水声，以为远离了河。后父坐在前面只顾赶车，我们和他生得很，一句话不说。离开一个村子半天了，还看不见另一个村子。后父说前面不远就到了。我们已经不相信前面还会有村子，除了荒滩、荒滩尽头的沙漠，再啥都看不见。

天黑后不知又走了多久，我们都快睡着了，突然前面传来狗叫声。要进村了。后父说。我睁开眼睛，看见几点模糊的灯光，低低的，像挨在地上。

院子里黑黑的，站着许多人，像等了许久，马车没停稳便拥过来，嘈嘈杂杂的，啥也看不清。有人从屋里端出一盏灯，一只手遮住灯罩，半个院子晃动着那只手的黑影。

我一直刻骨铭心地记着我们到达黄沙梁村的那个夜晚，每个细节都记得清清楚楚，似乎我从那一刻开始，突然懂得了记事。

“这是老大。这是老二。

“这是他母亲。

“……”

端灯的人把灯举过头顶。我在装满木头家具的马车上站起身的一瞬，看见了倾斜的房顶，和房顶后面几乎挂在树梢的北斗星。

我们被一个一个数着接下了车。

“一共几个？”

“六个。”后父答应。

门口涌了许多人，我们夹在中间跟随那盏灯走进屋子。屋里还有一盏灯，放在靠里墙的柜子上，灯苗细细的。炕上坐着一排老年人，笑嘻嘻地迎着我们。已经没有坐人的地方，我们全站在柜子旁。有人让开炕沿让母亲坐，母亲推辞了两句，坐上炕去。

“这是你张大爷，叫。这是李二奶奶。

“这是冯大妈。这是韩四爹。”

满屋子烟和人影，那个日后我们叫父亲的男人一手端灯，挨个让我们认坐在炕上的那些人，我小声地叫着，只听见他们很亲热的答应声，一个也没认清。

成长

我一直记得我去过沙沟沿上一户人家的房子，好像因为一件什么事，现在想不起来了。只记住了他家的房子，又矮又小，屋檐低低的，似乎伸手就能摸到。院子里拴着条大黄狗，叫声怪怪的，直往人身上扑。他的几个儿子的面容，现在一个也想不清楚。我的记忆把他们丢掉了。浮现出来的只是一个个模糊的人影，没有脸，没有明确的外形，只是一些人影在动。一个人拉住了狗，狗我记清楚了，黄色的。我靠着墙根走过去。墙好像砌得不直，有点扭，西边的墙头朝外偏。

“进来呗，看啥哩。”

我推开门把头伸进去，屋子里黑黑的，啥也看不清，也不清楚门口处有没有坑，从屋顶的小天窗透进一柱光，直落到地上。

顺着话音我看见坐在炕上的一些人，有四五个，或许多一些。他们在玩牌，或者在聊天。我进去站在土炕边，感觉他们远远的，看不太清。屋子里一股煮猪食的熟草味。我闻不习惯。现在想起那种味道还是不习惯。我们家也天天煮猪草，是在屋旁的小房子里煮。小房子的侧墙有个大窗户，正对猪圈，煮猪食时猪哼哼地叫着，三四头排成一队，鼻子全对着窗户，一股股的熟草味全被它们吸了去。这户人家只有里外两间小房子，做饭、煮猪食都在一个灶上，所有味道混在一屋子。我不自在地站着，好像说了件什么事。他们依旧打牌或者聊天。我等着答复。屋子里渐渐亮堂了。好像太阳从哪个墙角出来，他们家的天开始亮了。我看清油黑的墙上钉着木头橛子，上面挂着绳、镰刀、筐。我记忆最深的是他家的屋顶，可能是太低的缘故，它在那个时刻压抑了我。时常在有意无意间，我想起那个房顶，椽子细细的，也不直，一根歪扭的根本不能当梁的胡杨木，横担在中间。屋顶随着木梁的弯曲一高一低。那些细木棍，没来得及长粗就勉强地当了椽子。被屋顶压得弯弯的，但还勉强地撑着。

我始终没看清坐在炕上的人，或许看清了，没记住。屋顶太低，他们坐着打牌或聊天。我站在地上，歪扭的木梁正好横在我头顶上，似乎我再长高一点，头就能碰上。我见过许多大人的头，被门框或屋梁碰伤，在那些低矮的房舍和圈棚里，大人们低着头走动或干活，还是不小心碰着，头上起着青疙瘩，流着血……

整个少年时期，我被什么东西压抑了，没有长高。好像我一直害怕生长，担心我的头顶上面再没有空地方。我走路低着头，略弯着腰，像个小老头一样，心事重重地走过我的少年岁月。一直到二十岁，我才长到一米六的个头。离开黄沙梁后，我又长了十二厘米。是在不断的游荡中长的。我就这样长成了。这种成长是在哪一天突然停止了。因为什么停止了，我都无法知道。

我们家的一段路

直到最后一天，我们好像还没做好要离开黄沙梁的准备。尽管两个月前我们便开始收拾东西，把要带走的归顺整齐，一遍遍估算着装几车、用啥车拉走这些家当。

除此之外，搬家前的那段时间跟往常一样，我们依旧做着该做的事。每天早晨我把牛拉出去，縻在那片啃了多少遍似乎还有东西可啃的芦草地。母亲一大早往院子里洒水（这是她多年的习惯了），扫净地上的草屑和树叶（那时树叶刚刚开始黄落，清早院子里零星地落着几片儿，平展展地贴着地。夜里有风就会落得更多些。我们家在黄沙梁的最后一个秋天似乎来得格外迟。下了两场雨，眼看变黄的田野又重新返绿。我们一再推迟，还是没等到树叶落光便离开这里）。父亲依旧早早套车下地。已经没有可收的东西。最后一片玉米，在十天前已掰光拉回来。遍野里是别人家的粮食。父亲赶车经过那些地时，也许引起旁人的警惕——他去拉前一天砍倒的玉米秆，顺便割些田埂地头的草回来。车上放着铁锨，临出地他还攮起因进车平掉的一小段田埂，收好一个水口子，用脚把土踏瓷实。他似乎没想到从今以后这片田野上再不生长属于他的东西。他的马车将在另一片土地上往复颠簸。不知他能否走惯别处的路，种惯别处的地。或许他早已经不适应别处的生活。他的腿被黄沙的路摔掼成这个样子，有点罗圈，一摇一摆走路时，风从两腿间刮过去，狗能从两腿间钻过去，夹不住一只猫一只逃窜的野兔，夹住一捆草一麻袋麦子却像夹住一匹走马一样合适自如。

一天下午吃过饭，他又拿起锨，往房后那段路上扔了几锨土，垫平上一场雨后留下的几个牛蹄印。那是我们家的一段路，有四五十米长，我们自己修的，和大路一样宽展，从房后面通到东边的圈棚和柴垛旁。跟大路相接处有条渠沟，没有桥，渠沟浅浅的，有水没水都不碍事。这段路以前我们一家走。路上全是我们家的车辙脚印和牛蹄印。后来一户姓李的河南人在我们家东边盖了房子，自然要走这条路。父亲经常埋怨那户人家走路不爱惜，从来不知道往路上垫半锨土。尤其他家那头黑母牛，走路撇叉着两条后腿，故意用钉了铁掌的蹄子挖我们家的路，一蹄子下去就是一块土。一蹄子就是一块土。有一次李家老二到野滩拉柴火压爆了轮胎，装了半牛车柴，一只轱辘滚着钢圈轧回来，在我们房后的路上深深碾了一道车印子。父亲望着那道车印望了半下午，也不见李家过来个人平一下，他生气了，过去和李家唠叨了几句，两家本来有气，这下气上加气，为一道车轱辘印大吵了一架。最后还是父亲动手把路填平整。

我们虽然要离开了，却没有故意整坏任何东西，没有在地里挖一个坑路上扔一个土块疙瘩。我们让这个院子和它里面安安静静的生活保持到最后一天。

最后，当我们把所有东西装上车，要离开时，才发现曾是我们的家已惨不忍睹。树剩下孤零零几棵，房子拆掉了一间，圈棚成一个烂墙圈，路上、院子里到处扔着破烂东西……突然觉得心酸，眼泪止不住流出来——我们自己毁掉了这个家园，它不再像个家了。

那天来了许多人，路上、墙上、墙根，站着、蹲着都是人。有的过来说几句话，帮一把忙。更多的人只是围着看，愣愣地看。

我们被看得有点不自在。有点慌。有种被监视的感觉。

他们中间有几个人，大概怀着侥幸，想从我们一件件装车的东西中，发现他们早年丢失的一把锨、半截麻绳。另一些人，认定自己迟早也要搬走，袖着手，看我们怎样把家什搬出来又抬上车。怎样在一个车厢里，同时装下柜子、板凳、锅碗、木头、柴火、草还有水缸，而又不相互挤压碰撞。其他更多的人，面无表情，好像一下不认识我们。好像怕我们搬走地装走空气。

我忙着搬东西，不知谁代表这个村庄和我们道别。是那条站在渠沿上目光忧郁的狗，还是闲站在人群中看我们背麻袋抱木头的那头驴。它没等我们搬完，高叫了几声，屁股一扭一扭走掉了。我们稍一停顿，仿佛听到这个地方的叫声，一句紧接一句，悲壮昂扬。它停住时，这个村庄一片静寂，其他声音全变得琐碎模糊。只是不清楚它是叫给我们的还是叫给另一头驴。它一头驴，或许懒得管人的事呢。你看它的眼神，向来对人不屑一顾。

村长没出来说话。谁是村长我已记不清楚。那时候谁是村长都一回事，只是戴了顶空帽子。该种地他还是种地，该放羊还去放羊。村长很少出来管村民的事。村民也懒得去找村长。牲畜更不把村长当回事，狗该咬照咬，管他是村长还是会计。牛发怒了照着谁都是一角一蹄子。

后来走远了离开久了才发现，我们留下了太多东西。不仅仅是那段又宽又平整的路、我们施足底肥以后多少年里为谁硕果累累的那块地。当我们在另一条渠边碰响水桶，已经是别处的早晨。

我们不照你的日头了——黄沙梁。

我们不吸你的气了——黄沙梁。

留下三间房子和房顶上面的全部天空。

早晨下午的地上再找不见一家人的影子。

我们不往你的天上冒烟了——黄沙梁。

我们一走，这地方的人又稀疏了一些。刮过村庄的风会突然少了点阻力。一场一场的西北风，刮过村中间的马路。每场风后路上刮得干干净净。马路走人也过风。早先人们在两边盖房子，中间留条大道，想到的就是让风过去。风是个大东西，不能像圈羊一样打个墙圈把风圈住。让天地间一切东西都顺顺当当过去的地方，人才能留住。

一天下午，我们兄弟四个背柴从野滩回来，走到村口时刮大风了。一场大风正呼喊着经过村子。风撕扯着背上的柴捆，呜呜叫着。老三被刮得有些东歪，老四被吹得有点西斜。老大老二稳稳地走着，全弓着腰，低着头。离家还有一大截路。每挪动一步都很难，腿抬起来，费劲朝前迈，有时却被风刮回去，反而倒退一步。

老四说，大哥，我们在墙根躲一阵吧，等风过去了，再回去。

两边都是房子，风和人都只有一条路。土、草屑、烟和空气，满天满地地往北面跑，我们兄弟四个，硬要朝南走。

大哥说，再坚持一阵，就到家了。风要是一直不过去呢，我们总不能在墙根坐到老再回去。老四没吭声。他在心里说，为啥坐到老呢，坐到十六岁、二十岁，多大的风我们都能顶。

老大、老二在前，老三、老四跟在后面。风撩开头发，呜呜地吹过头顶，露出四个光亮的天灵盖。

碰在老大额头上的一粒土，碰在老二脑门上的一片叶子，碰在老三鼻梁上的沙石和擦过老四眼角的一片硬木，分别触动了他们哪部分心智，并在多少年后展现成完全不同的命运前途。

那场风，最后刮开谁骨肉闭锁的一扇门，扬扬荡荡，吹动他内心深处无边沉静的旷野和天空。

我们走到家门口时，风突然弱了，树梢开始朝东斜。那场风被我们顶了回去，它改变了方向，远远地绕过黄沙梁走了。

我们背柴回家的路，不是风的路。

小的时候，我们不懂得礼貌地让到一边，让一场大风刮过去。

多少年后它再刮过这里，漫天漫地随风飘逝的事事物物中，再不见那四个顶风背柴的人。

整个天空大地，都是风的路了。

远远的敲门声

一

我时常怀想起这样一个场景：我从屋里出来，穿过杂草拥围的沙石小路，走向院门……我好像去给一个人开门，我不知道来找我的人是谁。敲门声传到屋里，有种很远的感觉。我一下就听出是我的院门发出的声音——它不同于村里任何一扇门的声音——手在不规则的门板上的敲击声夹杂着门框松动的哐啷声。我时常在似睡非睡间，看见自己走在屋门和院门之间的那段路上。透过木板门的缝隙，隐约看见一个晃动的人影。有时敲门人等急了，会扯嗓子喊一声。我答应着，加快步子。有时来人在外面跳个蹦子，我便看见一个认识或不认识的人头猛然蹿过墙头又落下去，我紧走几步。但在多少次的回想中，我从没有走到院门口，而是一直在屋门和院门间的那段路上。

我不理解自己为什么牢牢记住了这个场景，每当想起它，都会有种依依不舍，说不出滋味的感觉。后来，有事无事，我都喜欢让这个情节浮现在脑海里，我知道这种回味对我来说已经是一种享受。

我从屋门出来，走向院门……两道门之间的这段距离，是我一直不愿走完、在心中一直没让它走完的一段路程。

多少年后我才想明白：这是一段家里的路。它不同于我以后走在世界任何一个地方。我趿拉着鞋、斜披着衣服，或许刚从午睡中醒来，迷迷糊糊，听到敲门声，屋门和院门间有一段距离，我得走一阵子才能过去。在很长一段年月中，我拥有这样的两道门。我从一道门出来，走向另一道门——用一根歪木棍牢牢顶住的院门。我要去打开它，看看是谁，为什么事来找我。我走得轻松自在，不像是赶路，只是在家园里的一次散步。一出院门，就是外面了。马路一直在院门外的荒野上横躺着，多少年后，我就是从这道门出去，踏上满是溏土的马路，变成一个四处奔波的路人。

二

那是我离开父母独立生活的第四个年头。我在一个城郊乡农机站当管理员。一切都没有理出头绪，我正处在一生中最散乱的时期。整天犹犹豫豫，不知道自己该干什么，能干成什么。诗也写得没多大起色，虽然出了一本小诗集，但我远没有找到自己。我想，还是先结婚吧。婚是迟早要结的，况且是人生中数得过来的几件大事之一，办完一件少一件。

现在我依然认为这个选择是多么正确。当时若有一件更大更重要的事把结婚这件事耽搁了，那我的这辈子可就逊色多了。我可能正生活在别的地方，干着截然不同的事，和另一个女人生儿育女，过着难以想象的日子。那将是多大的错误。

我这一生干得最成功的一件事，是娶了我现在的妻子。她是这一带最好最美的女子，幸亏我早下手，早早娶到了她。不然，像我这样的人哪配有这种福分。尤其当我老了之后，坐在依然温柔美丽的妻子身旁，回想几十年来那些平常温馨的日日夜夜，这是我沧桑一生的唯一安慰。我没有扔掉生活，没有扔掉爱。

那时正是为了结婚，为了以后的这一切，我开始了一生中第一件大工程：盖房子。

三

妻子在县城一家银行工作，我想把房子盖得离她近一些。

我找到了城郊村的村长阿不拉江，他是我的朋友，我给他送了一只羊，他非常够朋友地指给我村庄最后面的一块地方。

那是一个淤满细沙的沟，有一小股水从沟底流到村后的田野里。我坐在沟沿上犹豫了半天，最后还是决定动手吧。

我从邻村叫来了一辆推土机，用了整整一天时间把沟填平。那时我管着这一带拖拉机的油料供应，驾驶员们都愿意帮我的忙。

砌房基的时候，过来一个放羊老汉。他告诉我，这条沟是个老河床，不能在上面盖房子。我问为啥，他说河水迟早还要来，你不能把水道堵了。我问他河水多久没走这个道了。他说已经几十年了。我说，那它再不会走这个道了。水早从别处走了，它把这个道忘了。

放羊老汉没再跟我说下去，他的一群羊已走得很远了，望过去羊群在朝一个方向流动，缓缓地，像有意放慢着流逝的速度，却已经到了远处。

这个跟着羊群走了几十年的老汉，对水也一定有他超乎常人的见解。可惜他追羊群去了。

我还是没敢轻视老汉的话，及时地挖了一个小渠，把沟底的那股水引过去。我看着水很不情愿地从新改的渠道往前流，流了半个小时，才绕过我的宅基地，回到房后的老渠道里。水一进老渠道，一下子流得畅快了。

我让水走了一段弯路，水会不会因此迟到呢。

水流在世上，也许根本没有目的。尤其这些小渠沟里的水，我随便挖两锨就能把它引到别处去。遇到房子这样的大东西，水只能绕着走。我不知道时间是怎样流过村庄的。它肯定不会像水一样、路一样绕过一幢幢房子一个个人。时间是漫过去的。我一直想问问那个放羊人，他看到时间了吗。在时间的河床上我能不能盖一间房子。

但在这条旧河床上我盖起了一院新房子。我在这个院子里成了家，有了一个女儿，我们一起度过了多年的幸福安逸生活。

四

第一次听到敲门声，是在房子盖好后第二年的夏天，我刚安上院门不久。

我的房子后面有一个大坑，是奠房基时挖的，有一人多深，坑底长着枯黄的杂草。我想让坑里的草长高长密些。在一个下午，我挖了一截渠，把小渠沟的水引到坑里。这个大坑好像没有底似的，水淌进去冒个泡就不见了。我也没耐心等，第二天也没去管它。到了第三天中午，我正收拾菜地，院门响了，我愣了一下。院门又响了起来，比上次更急。我忙扔下活走过去，移开顶门棍，见一个扛锨的人气冲冲地站在门口。

“是你把水放到坑里的？”

我点了点头。

“我的十几亩地全靠这点水浇灌，你却把它放到坑里泡石头，你不想让我活命了是不是。”

他越说越激动，那架势像要跟我打架。我害怕他肩上的铁锨，赶紧笑着把他让进院子，摘了两根黄瓜递给他，解释说，我以为水是闲流着呢。水在房子边上流了几年都没见人管过。

“哪有闲流的水啊。”他的语气缓和多了。

“老早以前那水才叫闲流呢，那时你住的这个房子下面就是一条河，一年四季水白白地流，连头都不回。后来，来了许多人在河边开荒种地，还建起了村子。可是，地没种多少年，河水没了。水不知流到哪去了，把这一带的土地都晾干了。”

他边说边巡视我的院子，好像我把那一河水藏起来了。

“那你觉得，河水还会不会再来。”我想起那个放羊老汉的话，随便问了一句。

他一撇嘴：“你说笑话呢。”

我一直没有顺着这条小渠走到头，去看看这个人种的地。不知道他收的粮够不够一家人吃。春天的某个早晨我抬起头，发现屋后的那片田野又绿了。秋天的某个下午它变黄了。我只是看两眼而已。我很少出门。从那以后来找我的人逐渐多起来，敲门声往往是和缓轻柔的。我再不像第一次听到自己的门被人敲响时那样慌忙。我在一阵阵的敲门声中平静下来。有时院门一天没人敲，我会觉得清寂。

我似乎在这里等待什么。盖好房子住下来等，娶妻生女一块儿等，却又不知等待的到底是什么。

门响了，我走过去，打开门，不是。是一个邻居，来借东西。

门又响了。……还不是。是个问路的人，他打问一个我不知道的地方。我摇摇头。过了一会儿，邻居家的门响了。

其实那段岁月里我等来了一生中最重要的东西。只是我自己浑然不知。

——我的女儿一天天长大，变得懂事而可爱。妻子完全适应了跟我在一起的生活，她接受了我的闲散、懒惰和寡言。我开始了我的那些村庄诗的写作。我最重要的诗篇都是在这个院子里完成的。

有一首题为《一个夜晚》的小诗，记录了发生在这个院子里一个夜晚的平凡事件。

你和孩子都睡着了
妻　这个夜里
我听见我们的旧院门
被风刮开
外面很不安静
我们的老黄狗
在远远的路上叫了两声
我从你身旁爬起来
去关那扇院门

我们的院子
有一辆摔破的老马车
和　一些去年的干草
矮矮的土院墙围在四周

每天进来出去
我们都要把院门关好
用一根歪木棍牢牢顶住
我们一直活得小心翼翼
没有更多东西
放在院子

妻　这个夜里
若你一个人醒来
听见外面很粗很粗的风声
那一定是我们的旧院门
挡住了什么
风在夜里刮得很费劲
这种夜晚你不要一个人睡醒

第二天早晨我们一块儿出去
看刮得干干净净的院子
几片很远处的树叶
落到窗台上
你和女儿高兴地去捡

许多年后，重读这首诗的时候，我被感动了。这个平凡的小事件在我心中变得那么重大而永恒。读着这首诗，曾经的那段生活又完整地回来了。

五

那是一个冬天的早晨，我打开屋门，看见院内积雪盈尺，院门大敞着。一夜的大风雪已经停歇，雪从敞开的大门涌进来，在墙根积了厚厚一堆。一行动物的脚印清晰地留在院子里。看得出，它是在雪停之后进来的，像个闲散的观光者，在院子里转了一圈，还在墙角处撕吃了几口草，礼节性地留下几枚铜钱大的黑色粪蛋儿，权当草钱。我追踪到院门外，看见这行蹄印斜穿过马路那边的田野，一直消失在地尽头。这是多么遥远的一位来客，它或许在风雪中走了一夜，想找个地方休息。它巡视了我的大院子，好像不太满意，或许觉得不安全，怕打扰我的生活。它不知道我是个好人，只要留下来，它的下半生便会像我一样悠闲安逸，不再东奔西跑了。我会像对我的鸡、牛和狗一样对待它的。

可是它走了，永远不会再走进这个院子。我像失去了一件自己未曾留意的东西，怅然地站了好一阵。

另外一个夜晚，我忘了关大门。早晨起来，院子里少了一根木头。这根木头是我从一个赶车人手里买来的，当时也没啥用处，觉着喜欢就买下了。我想好木头迟早总会派上好用处。

我走出院门看了看，大清早的，路上没几个人。地上的脚印也看不太清。我爬上屋顶，把整个村子观察了一遍，发现村南边有一户人正在盖房子，墙已经砌好了，几个人站在墙头上吆喝着上大梁。

我从房顶下来，背着手慢悠悠地走过去，没到跟前便一眼认出我的那根木头，它平展展地横在房顶上，因为太长，还被锯掉了一个小头。我看了一眼站在墙头上的几个人，全是本村的，认识。他们见我来了都停住活，呆呆地立在墙上。我也不理他们，两眼直直地盯住我的木头，一声不吭。

过了几分钟，房主人——一个叫胡木的干瘦老头勾着腰走到我跟前。

“大兄弟，你看，缺根大梁，一时急用买不上，大清早见你院子里扔着一根，就拿来用了，本打算等你睡醒了去给你送钱，这不……”说着递上几张钱来。我没接，也没吭声。一扭头又背着手慢悠悠地回来了。

快中午时，我正在屋子里想事情，院门响了，敲得很轻，听上去远远的。我披了件衣服，不慌不忙地走过去，移开顶门的木棒。胡木家的两个儿子扛着根大木头直端端进了院子。把木头放到墙根，而后走到我跟前，齐齐地鞠了一躬，啥都没说就走了。

我过去看了看，这根木头比我的那根还粗些，木质也不错。我用草把它盖住，以防雨淋日晒。后来有几个人看上了这根木头，想买去做大梁，都被我拒绝了。我想留下自己用，却一直没派上用场，这根木头就这样在墙根躺了许多年，最后朽掉了。

我离开那个院子时，还特意过去踢了它一脚。我想最好能用它换几个钱。我不相信一根好木头就这样完蛋了。我弓下身把木头翻了个个，结果发现下面朽得更厉害，恐怕当柴火都烧不出烟火了。

这时，我又想起了被那户人家扛去做了大梁的那根木头，它现在怎么样了呢。

一根木头咋整都是几十年的光景，几十年一过，可能谁都好不到哪去。

我当时竟没想通这个道理。我有点可惜自己，不愿像那根木头一样朽在这个院子里。我离开了家。再后来，我就到了一个乌烟瘴气的城市里。我常常坐在阁楼里怀想那个院子，想从屋门到院门间的那段路。想那个红红绿绿的小菜园，那棵我看着它长大的沙枣树……我时常咳嗽，一到阴天就腿疼。这时我便后悔自己不该离开那个院子满世界乱跑，把腿早早地跑坏。我本来可以自然安逸地在那个院子里老去。错在我自视太高，总觉得自己是块材料，结果给用成这个样子。

现在我哪都去不了了，唯一的事情就是修理自己，像修理一架坏掉的老机器，这儿修好了，那儿又不行了。生活把一个人用坏便扔到一边不管了，剩下的都是你自己的事了。

我也像城市人一样，在楼房门外加一道防盗门，两门间仅一拳的距离，有人找我，往往不敲外边的铁制防盗门，而是把手伸进来，直接敲里面的木门。我一开门就看见楼梯，一迈步就到外面了。

生活已彻底攻破了我的第一道门，一切东西都逼到了跟前。现在，我只有躲在唯一的一道门后面。

家园荒芜

一

我背着一捆柴火回到家里，院门敞开着，地上落满了好几个秋天的树叶。我放下柴，喊了声，“妈，我回来了。”又喊了声，“大哥。”院子里静静的，没有一个人答应。我推开房门，里面空空的，像是多少年没人居住。我走到村中间的马路上，看见前后左右的邻居都盖了新房，红砖碧瓦。我们家的房子又矮又破旧地夹在中间……

这是我几年来经常重复做的一个梦，梦中的家就在我十七岁以前生活过的一个叫黄沙梁的村庄。

尽管我离开黄沙梁已有十多年，但在所有的梦中，我都回到这个偏远的小村庄里，不是背一捆柴回到家，便是扛一把铁锨站在地头，看着我们家那块地荒草萋萋，夹在其他人家郁郁葱葱的粮田中间。虽然我们家从黄沙梁搬走时，那块地已分给别人去种，但在我的梦中它一直荒弃着。年复一年，别人家的地里长着高高的玉米和金黄的麦子，我们家的地中一棵苗都没有。多少个梦中我就站在那块荒地中，茫然无措，仿佛来晚了，错过了季节，又仿佛没有。我的几个兄弟也都被类似的梦折磨着，似乎那片土地一直在招呼我们回去，我们成了它永远的劳力，即使走得再远，它也能唤回我们，一个夜晚又一个夜晚地去干那些没干完的活，收拾那个荒芜已久的院子。

二

我常想，是我一手造成了这个家园的荒芜。我若不把全家从偏远贫穷的黄沙梁村搬到离县城较近的元兴宫村，又进一步地搬进县城，我的父母和兄弟们会留在村里，安安心心种好那块地，收拾好那院房子，至少不会让它荒芜。

假如我没考学出来，家里又会多一个帮手，一个不算强壮但绝对勤快务实的好劳力。若真那样，我们家的地里每年都会有一个好收成，麦子会比哪一家的都长得饱满整齐。那一地玉米会像一群壮实的大个子，每个秋天都高高壮壮地站在浩荡的田野中。房子有可能翻新，瓦盖顶，砖铺地。宅院有可能扩大。

我们家东边很早时有一块十几亩的空地，虽没有打围墙圈住，但父亲一直认为那块空地是我们家的。他一直占着那块地等着他的儿女们长大后去盖房筑院。

后来，经村长再三劝说，父亲才勉强同意给一户新来的河南人在那块空地上划了一角房基地。

在我的印象中父亲和我们一家始终不是那户河南人的对

手。自从盖好房子后，那户河南人便得寸进尺，一点一点地占地，今年盖一个猪圈，明年围一个羊圈，后年又开一块菜园。两三年工夫，那块地差不多让他们占完了。为此，我们全家出动与那户河南人吵过几架，也打过几架，终未收回失地。那户河南人有两个壮实儿子，我父亲虽有五个儿子却都没成人。父亲只好咬牙切齿、忍辱负重地等待我们长大。

父亲认为我们长大后的第一件事，应该是把原属于我们家的那块地抢回来。

我们却让父亲彻底失望了。

当我们兄弟几个终于长到能抡锨舞棒地和那户河南人抗争的时候，由于已经成为的事实，也由于成长这个过程太漫长，以至我们淡忘了许多陈怨旧事。再没人提起那块地的事。

只有父亲刻骨铭心地记着属于我们家的那块地，我看见他时常隔着院墙窥视。有一次他带着我翻过那户河南人的院墙，在院子的顶东边挖出他三十年前埋在地里的一块石头，告诉我，这就是我们家的地界，狗日的硬给占了。

那时我十四岁，正读初中。我明白父亲的用意。当他把那块挖出来的石头原原本本埋进土里的时候，我便知道我再不能忘记这个位置，那块石头将从此埋在我心里。

至今我还时常追想父亲当年拿一把锨在长满蒿草的荒地上埋一块石头时的情景。那时他或许还没成家，但他想到了自己会儿女成群，家族旺盛。他要给子孙们圈一块地，他希望儿孙们的宅院连着他的宅院，一连一大片。

那时村子刚刚建立，没谁约定他该圈多大的院子，占多少亩地。他凭自己的能力盖了幢房子，围了一个不小的院子，又在他的院子东边选好一块地，量出足够的亩数，把一块石头埋进去。

我们永远不会有父亲那样的经历了，永远不会有父亲当年那样的权力，随便在土地上埋一块石头，打一个桩，筑一段篱笆便认定这块地是他的。我们再不会有属于自己的土地和庄园，再不会有了。

十几年后的一天，当我回到阔别已久的黄沙梁村，眼前的景象竟让我不敢相信：无论我们家，还是那户河南人家的宅院都一样破败地荒弃在那里，院墙倒塌，残墙断壁间芦苇丛生。我们家的房子搬迁时卖给光棍冯三，还勉强有两间没塌的破房子。只是房前屋后的树已死的死，伐的伐，剩下孤零零几棵了。那一园桃树也不见踪迹。只有我亲手用土块和木棒搭造的门楼，还孤挺在那里，虽然门面已不见，门框也只剩半边，但门楼挺立着，从下面看上去每根木棒每块土坯都那么亲切熟悉。那户河南人家的宅院则一片废墟，连堵完整的墙都找不到了。

这时，我又想起父亲埋的那块石头。不用我们兄弟动一拳一脚，这块地便谁的也不是了。它重新荒芜了。我们家和那户河南人家都搬到了县城。那户河南人在县城开了家饭馆，租的是别人的房子，他再不会与谁争地、抢地了。整座县城都是别人的。

我好不容易在荒草和烂土块中找到父亲埋石头的位置。我没有挖出它，这块石头将没意思地埋下去，不知道父亲会不会时常想起它，但我相信他不会忘记。这块石头已作为父亲生命中最坚硬的一块骨头提前埋进土地中。父亲失去一个又一个家园后到了城里，他现在给一个建筑工地看大门，他晚上睡不着觉，便找了一个晚上不睡觉的差事。

多少个夜里，父亲眼睁睁看着跟自己毫无关系的一个工地，那些横七竖八的钢筋、砖瓦和冷冰冰的水泥制品，全没有他当年看守自家麦田时的那种温馨感觉。

父亲告诉我，这段时间他经常梦见有人叫他回去。就在前两天，他还梦见一个本村人给他捎话来，说我们家的地里长满了草，让他带着儿子们回去锄草。他告诉那个捎话人，我们家的地早给别人种了，我们家早就搬到城里不种地了。那人却说：地一直给你们家留着呢，那是你们家的地，你别想跑掉。

每次睡醒后，父亲都会茫然无措地坐上好一阵。

三

大哥是个典型的知识型农民，他上学到高中，虽没考上大学，但凭这点学历在村里一直从事记工员、会计之类的轻松活，这使他虽身在农村也多少脱离了日日下地干活的苦差。

在我的印象中大哥从小就不愿当农民，他的瘦弱身体也不适合种地这种苦力活。

按说，我们家搬到县城后，大哥从此可以与土地彻底绝缘。凭他的聪明，在城里随便谋个差事也会挣到钱。可是，他却一直没在城里找到一件称心的工作。就在前年，他又回到我们生活多年的那个乡村，和另一个农民合伙承包了四百亩荒地，打井、开荒共投资十五万元。

两个身无分文的农民，靠借钱、贷款筹集了这笔钱，他们肯在一片不毛之地上花如此大的血本，冒如此大的风险真让人无法理解。

结果，因地开出得晚了，第一年只种了些葵花。甚至没等到它们长熟，当几百亩地中稀稀的几乎可以数过来的葵花开花的时候，大哥便背负几万元的债回到县城。

直接原因是那口投资十万元的机井打歪了（也幸亏打歪了，后来靠打官司补偿了一些损失），而最根本的原因是，那是一片压根种不出粮食的盐碱地。

几辈人都没看上没动过一锨一锄的一片荒地，大哥竟看上了，是因为这块地一旦开出来，在承包期的六十年里，他就是地主。也因为能垦种的好地早被人垦种了，轮到他时只剩下这些盐碱滩。大哥做梦都想有一片自己的土地，在地头建一个属于自己的庄园。多少年的农民生涯中他虽收过不少的粮食，但他总觉得，在种别人的地。一块地种不了几年又会落到别人手里。

大哥花了一年多时间，开得好好的，整得平展展的四百亩地，从此将一年一年地荒芜下去，再不会有人去种它，谁都清楚了：这块地确实种不出粮食。

过不了一两年，那些开荒时被连根挖除的碱蒿子、红柳和铃铛刺，又会卷土重来，一丛一丛地长满这块地。但打起的埂子不会很快消失，挖好的水渠多少年后还会清晰地穿过土地，通到地头上那截树桩一样的锈钢管旁。那就是耗资十万元打歪的那口机井。

在广大农村，像这样成片成片荒弃的土地太多了，看到它的人也许不会在乎，顶多把它当一片荒野。

只有垦种过它，最终扔掉它远走的那个人，把它当成一块地。

一块种荒的土地。

人对一片土地彻底失望时，会扔掉它去寻找另一片土地。对一个农民来说，只要有一丝希望，哪怕穷困潦倒地活下去，他也不愿离乡离土去寻找新居。因为他知道创家立业的艰辛，知道扔荒土地和家园的痛苦。

在大哥一生中的无数个梦中，他都会梦见自己扛一把锄头，回到一望无际的那四百亩荒地，看着密密麻麻的荒草中不见一颗粮食，他会没命地挥动锄头，越锄草越多，越锄越荒凉。每次梦醒后他都要呆呆地回想一阵。

那是他一个人的荒凉。他独自在内心承受着的四百亩地的一大片荒凉。尽管他最终可以不耕而食，在外面挣了大钱，干成了大事，但这种荣耀并不能一次性地抵消以往生活中的所有遗憾。他终身都会为当农民时没种好的那块地、没收回的那茬粮食、没制好的那件农具而遗憾，终身的奋斗可能都是对以往缺憾的一种补偿，但永远都不会补全。

上个月，我再去看大哥时，他似乎已从那片荒地上回过神来。他又借了一笔钱，买了一套电焊设备，在自家的院子里搭了个棚，搞起电焊营生。他终于对土地彻底失望了。他那双握惯锄把的手开始适应着握焊枪时，他的农民生涯便从此结束了。给他打下手帮忙的是我最小的一个弟弟，不到一个月工夫，他们已经能焊出漂亮标准的钢门钢窗了。

在院子的另一角，是四弟投资架设的一个小型炼铁炉，在我们兄弟五个中，他在农村待的时间最长，也是我们家唯一靠种地有了几个钱的人。我们家从元兴宫搬到县城后，留下他，带着媳妇和一个刚满周岁的孩子，守着那一大院房子。靠全家人留下的近百亩好地和牲口农具，他自然比村里那些人多地少的人家收入要高些，但他还是种不下去了。

一年一年的种地生涯对他来说，就像一幕一幕的相同梦景。你眼巴巴地看着庄稼青了黄、黄了青。你的心境随着季节转了一圈又回到那种老叹息、老欣喜、老失望之中。你跳不出这个圈子。尽管每个春天你都那样满怀憧憬，耕耘播种。每个夏天你都那样鼓足干劲，信心十足。每个秋天你都那样充满丰收的喜庆。但这一切只是一场徒劳。到了第二年春天，你的全部收获又原原本本投入到土地中，你又变成了穷光蛋，两手空空，拥有的只是那一年比一年遥远的憧憬，一年不如一年的信心和干劲，一年淡似一年的丰收喜庆。

四

四弟搬到县城后，我们家留在元兴宫的那院房子的卖与不卖在家里引起争执。

四弟搬家前已和一户村民谈好了房价。

父亲坚决不同意卖房，他说那个价钱太便宜，那么大一个院子，大大小小十几间房子，还有房前屋后的好几百棵杨树，都能当椽子了。

哪有好几百棵树。母亲反驳说，别听你爸瞎说，前几天让他去砍几棵树来搭葡萄架，他还说树不成材，砍了可惜。才几天工夫就都成椽子了。

我想，父亲最根本的意思是不想卖掉房子，对于他经营多年，每棵树每堵墙每寸土都浸透着他的汗水的这个宅院，卖多贵他都会嫌便宜的。

在他心中那一棵棵环家护院的杨树是多么高大、壮实啊。它在父亲心中的地位，我们这些离家经年的儿女怎能轻易揣测呢。

一个又一个炎热夏天，父亲从地里回来，坐在那些树叶的阴凉下，喝碗水喘口粗气。

一个又一个不眠之夜父亲忍住腰疼腿疼，倾听树叶哗哗响动的声音，浮想自己的平凡一生。那些树叶渐渐在他心中变得巨大无比。

甚至家里的一草一木一土，都在父亲心中变得珍贵无比，你若拿一块赤金换他的一根旧锨把，他也未必愿意。

况且，这很可能是父亲一生中最后一个农家院子了。他在黄沙梁的院子卖给了光棍冯三。元兴宫这个院子刚刚收拾得像个家了，我们又搬到了县城。他再无力在另一片土地上重建一个这样大、这样温馨的宅院。对于他，这就是最后的家园，尽管它破旧、低矮、墙院不整。

父亲还是没有留住这个院子，随着儿女们的长大成人，父亲的话已显得无足轻重。我们家在农村的最后一座家园就这样便宜卖掉了。地也租给了别人。我们一大家人成了没有城市户口的城里人，没有地和家园的农民。在县城的边缘，我们买了两块宅地，盖起两幢我们家历史上迄今为止最高大漂亮的土砖木结构的房子，尽管房前也有一块菜地，屋旁也栽了几行杨树，但在我心中它永远无法和以前的那两个宅院相比。

或许多少年之后，它一样会弥漫浓郁的家园气息，在我们被生活挤到一边，失去很多不敢奢望久远的拥有时，会情不自禁地怀念我们家曾经坐落在城市边缘的这两院房子。而现在，它只是一个小小的穴，一个仅供生存的窝。

五

今年秋天的一个深夜，我从长途客车下来，穿过黑暗寂静的沙湾县城，回到自己的家门口。

几个月前，我辞掉从事多年的乡农机站管理员的职务，孤身进入首府乌鲁木齐，在一家报社做编辑。每隔一个星期，我回来一次，和家人团聚。

我外出打工前，已经把家从城郊村的大院子，搬到妻子单位的两层庭院式小楼里。楼前有一个小院，院子里种了几棵葡萄，现在已硕果累累了。

我敲了几下院门，没有人回应。妻子和女儿都已睡熟。我又跑到楼后，对着窗户喊了几声，家里依旧静悄悄的。已经是凌晨三点，整个县城都在睡眠中，街上偶尔急匆匆过去一个骑自行车的人影，不远处一家酒店的灯亮着，好像还有人在喝酒。

记忆中从未这样晚回过家。在家时总是不等下班就回来，天一黑便锁上院门，在家里看书看电视，陪伴妻子女儿。

我找了几块砖垫在墙根，纵身翻进院子。在这样寂静的深夜，我想我的敲门声和叫喊肯定惊动了半个县城。明天半县城人都会知道有个男人半夜进不了家门。但谁都不会知道这个人是我。这个小县城进来十个、一百个人也不会觉得多谁。这个家里缺了我一个便一下子显得冷清。

因为我不在家，女儿只好把钥匙挂在脖子上，每天下午放学自己开门，自己进屋找水喝，找东西吃，刮风下雨天也没有人接她。妻子每天下班只好一个人做饭，一个人干着本是两个人的家务活：洗衣、拖地、照管孩子……就连架上的葡萄，也只能等我回来摘，为了通风向阳，葡萄架搭得高过了房顶，每次离家前，我都给女儿摘好一篮葡萄放着。可是，每次都是不等我回来她就早早吃完，接下来只有眼巴巴看着头顶一串一串的葡萄，盼着我回来给她摘。

我很感激妻子给我生了一个好女儿，我一点不想要儿子。我不像父亲，希望母亲给他生养几个能传宗接代的好劳力。我已经没有土地。在我的生活中，不会再出现多重多累、非要我有个儿子做帮手的活。我自己足够对付了。

我渴望的是有两个女人的温馨家庭，一个叫我爸爸，一个叫我丈夫。更多时候我把她们当成两个女儿去喜欢去爱护。我如愿以偿，拥有了这样一个美好的家庭，而我却又离开它，来到一个陌生城市，我到底在寻求什么。

我轻轻敲楼房的门。我想我跳进院子时的响声足以惊醒家里人，可屋子里静静的，没有回应。我推开伙房的门，拉亮灯，在碗柜里找到半盘剩菜和一个馍馍，自个吃了起来。我本打算赶回家吃晚饭，没想到车在路上一坏再坏，把时间耽搁到这么晚。本该是家人欢聚的一顿晚饭，现在却只有我独自吞咽了。毕竟是到了家里，虽是残汤剩饭，感觉却跟坐在郊外某个冷清饭馆大不一样。

我边吃边环视伙房里的一切，炉旁的煤、桌上的青菜和米，还有窗台上瓶瓶罐罐里的油盐酱醋及各种调料。我不在的时候，家里的生活依旧在继续着，没有因为我不在家而少生一次火，少做一顿饭，少洗一次碗。我忽然感到我在这个家里并不像我想象的那样重要。也许这才是正常的。人不应该把自己看得过分重要，无论对一个家庭还是对社会。因为你一旦重要到不可缺少的地步，你的离开便会造成对别人对周围环境的伤害。这样多不好。

在碗柜抽屉里我找到楼房门上的钥匙，轻轻打开门进去。妻子和女儿都睡在楼上，我拉开客厅的灯，看见家里的一切都还是原来的样子，家具的摆设、墙上的字画。连我没装好的一截电线，依旧斜吊在墙上。只有电视柜上多了一个相架，里面是我几年前在承德拍的一张彩色照片，后来听妻子说，是女儿整理书桌时翻出来的，她把它摆在了那里。女儿已经知道思念爸爸了。

我脱掉鞋，轻轻走上楼梯，女儿睡在楼梯口的一间小屋里，这是我的书房，背对着街道，有一扇面朝南的窗户，既安静又阳光明媚。后来女儿也看上了这间小房子，便抢去做了她的卧室和书房。女儿睡觉时喜欢把门从里面扣住，她这么小就懂得了戒备什么，妻子却向来是半掩着门睡觉，我一侧身便进到卧室了。

妻子熟睡在床上，从窗户斜照进来的月光，正好落在她露在外面的一条腿上。我似乎多少次在什么地方见到过这样的月光。妻子的脸在朦胧的月光中显得更加美丽动人。我没有开灯，有好一阵，我只是愣愣地站在床边，神情恍惚，仿佛又扛着锨来到一片荒草萋萋的田地边。

这些年我目睹了许许多多的荒芜景象：家园荒凉、田地荒芜……我却不知道，真正的荒凉在这张铺满月光的床上。

这一次，是我两手空空，站在荒睡已久的妻子身旁。

我和妻子生活了近十年，从未这样长久地离开她。自从有了妻子和女儿，我就从没想过要到别处去生活。我原打算在这个小镇上过一辈子算了。我把父母和兄弟一个个从农村搬到县城，我想让这个家有个好的前景，让父母兄弟们待在一起有个照应。我做到这一点了，可我还是不满足。

我辞掉安逸的工作，孤身进入乌鲁木齐。我想，我若能在这个城市打好基础，同样会把全家从沙湾县城搬进首府，就像当初把他们从元兴宫村搬到县城一样。一户农民，只能靠这种方式一步一步地走进城市，最后彻底扔掉土地变成城市人。

可我没想到，家园荒芜的阴影又一次蔓延到我的家里。我追求并实现着这个家的兴旺和繁荣，荒凉却从背后步步逼近，它更强大，也更深远地浸透在生活中、灵魂中。

我宁让土地荒弃十年，也不愿我心爱的妻子荒睡一晚。十多年前，我写下的这些天真的诗句竟道出了一个深刻无比的哲理：人无法忍受人的荒芜。

在这间卧室，这张铺满月光的床上，一个夜晚又一个夜晚，我的妻子在等我的时候独自睡着。谁会懂得，她一个晚上荒掉的，是我一生都收不回来的，无法补偿的。那些荒睡的夜晚将永远寂寞地空在她的一生里，空在我充满内疚的心中，成为我一个人的荒凉。

最后时光

让我梦见自己，又在天上飞。

我曾无数次飘飞过的村庄田野，我那样地注视过你记住你一草一木的眼睛、只有梦中才飘升到你上头饱受你风吹雨淋的身体，将全部地归还给你。

当我成一锨土，我会不会比现在知道得更多。我努力地就要明白你的一切时，却已经成为你田野上的一粒土。下一个春天，我将被翻过去，被雨一遍遍淋湿，也将在一场一场的风中走遍你的沟沟梁梁。

那时，我或许已经是你的全部。

或许永永远远，只是你广袤田野上的沙土，在此后无尽的年月里，被像我一样的农人翻来覆去。

现在，让我再飞一次。

那是你的夜空，干净、透明。所有的尘埃沉落下去，飞得最高的草叶已经落回大地。我在这样的深夜，孤独地飞过这个镰刀状的村子。

我一回头，看见我前世的一双巨翅，深灰色的，风中的门一样一开一合——我是否一直在用它的力量，在今生的梦中飞翔。

黄沙梁，当我忘记时间，没有把最后的时光留给你。当我即将离开，我会祈求你再给我完整的一个日子。

让我天不亮早早醒来，看见柴垛东边的启明星。让我听见第一声鸡叫，一出门碰到露水青草，再开一次院门，放进鸟和风。再摸一回顶门的木棍。

我拿过多少回的那根木棍，抓手处的木节都已磨光磨平。它的另一头我或许从未曾触摸，它抵着地的那头，多么遥远陌生。多少年，多少个天亮天黑反反复复的挪动间，我都没来得及把手伸到一根短短木棍的另一端——那个不经意的小弯，没脱净的一块粗糙树皮，哪年的一片灰黄油渍……让我小心地，伸手过去，触到那头的土和泥，摸摸那个扎手的节疤和翘刺，轻轻抚过那道早年的不知疼痛的深深斧印。

我将不再走远。静坐在墙根，晒着太阳，在一根歪木棍旁把你给我的一天过完——这样平平常常的一天在多少年前，好像永远过不完、熬不到边。

最后，让我在最后的时光回到屋子里，点着炉火，像往常的每一次。无数次。

天已经全黑。

看不见的人此刻清楚明白地坐在家里。

看不见的路已到达目的。

我将顺着你黑暗中的一缕炊烟，直直地飘升上去——我选择这样的离去是因为，我没有另外的路途——我将逐渐地看不见你，看不见你亮着的窗户，看不见你的屋顶、麦场和田地。

我将忘记。

当我到达，我在尘烟中熏黑的脸和身体，已经留给你，名字留给你。我最后望见你的那束目光将会消失，离你最远的一颗星将会一夜一夜地望着你的房顶和路。

那时候，你的每一声鸡鸣，每一句牛哞，每一片树叶的摇响都是我的招魂曲。在穿过茫茫天宇的纷杂声音中，我会独独地，认出你的狗吠和鸡鸣、你的开门声、你的铁勺和瓷碗的轻碰厮磨……我将幸福地降临。

文学：一个人的自言自语

——答南师附中学子问

学生1： 我记得您说过："我的孤独不在荒野上，而在人群里。"您笔下"寒风吹彻"的感觉是不是由类似的孤独带来的？

刘亮程：《寒风吹彻》这篇文章，其实是把内心的寒冷和自然界的寒冷，这双重寒冷压缩在一起去表述的。我的散文从来不会单独地写风景，铺陈一个景观或者一个场景，每一句话中既有自然又有内心。传统作家写景的时候，常常会把自己"放一下"先去写景，然后由景生情，而我的语言图式是把景和情浓缩为一句。就像"雪落在那些年雪落过的地方，我已经不注意它们了"，看似写景，但紧接着一句是"三十岁的我，似乎对这个冬天的来临漠不关心"，就从一个自然界的雪天迅速进入内心，自然与内心已经交融一体，没有分别。这是我的语言，我通过多年的诗歌写作完成的一种语言。像这样的语言应该是每一句话有几种意思，每个句子不可能只是单独的一层意思。我们在写作时总希望自己的一句话是十句话、百句话、千万句话，一句话延伸的意义应该有无数个指向，从来不会用一句话去单独地指意，每一句话都在表达类似悲欣交集的复杂情感。当然孤独是《寒风吹彻》的主题，也是《一个人的村庄》的主题，这种孤独是一个村庄孤立于天地之间的孤独，也是一个人内心孤立于天地之间的孤独。

学生 2：讲座中出现了方言这一概念，您在写作中也用到了方言词汇，但大部分的写作还是用普通话完成的，请问您对普通话是一种什么样的感觉？

刘亮程：其实我的普通话说得不好（笑）。我说的是新疆乌鲁木齐的普通话，在新疆时我觉得我说的是普通话，一旦我离开新疆到北京，或者一旦我的声音被录下来，我就发现自己的发音如此土。新疆有地方方言，但是我的文字是用普通话写的。而且我的文字本身可能受文言文的影响比较大，我也建议年轻作者或学生多学古典文学，多从古典文学中寻找自己的说话和演绎方式。因为现代汉语本身太过松散，表现力远不如古文。古典文学没有长句，但表达得清清楚楚，现代汉语句子越来越长，越来越抓不到事物的核心。我也非常喜欢方言，我觉得它非常有意思。相对来讲，普通话最没有表现力，方言比如四川话，它多好呀！尽管有时候我都听不懂（笑）。我老家是甘肃的，回到甘肃的时候，我也会跟着他们说甘肃话。回到方言就像回到母亲温暖的怀抱，你可以那样说话，那种话更贴切，那种语言环境更容易把自己所要表达的东西说清楚。但是，方言也有其局限性，一个有鲜明语言风格的作家，他创造自己的文学方言。他有自己的语词系统、抒情调性、修辞方式。他用自己的语言说话。

学生 3：在刚才的讲座中，您提到一个词叫“挽留生命”。

我想问一下您对这个词的看法，为什么在寒冷的冬天，您会用“挽留”这个词？

刘亮程：我也用“死亡”一词，但写那个老人在冬天去世时却用了“留住”。我在写《寒风吹彻》时，面对那么大的一个“自然”，一个又一个老人的去世，我只能从一个更大的维度去说，所以我觉得是冬天对生命的“挽留”。关于死亡，我们总是在创造一些去处，创造一些说法，让生命不至于如此短暂，让生命的终结不至于成为我们常规理解中的“离开”。我想当那些老人被冬天留住的时候，是留在了一个更大的自然怀抱中，留在那个铺天盖地、周而往复的季节中。我想这样处理死亡，让人们一生在天地间过完，呼吸了这么多年的人间气息之后离去，我不想用简单的死亡去表述，所以我用了“留住”这个词。

我新出版的长篇小说《捎话》，写到了战争，也写到了一场场死亡，读者会在小说中看到，死亡如此的悠长。一个人的死亡，我可以把它写得比他的一生还要悠长，这是一个作家对死亡的创造或者对死亡的理解。因为我们都是活着的人，死亡跟我们都没有关系，我们看到或者听到的都是别人死了，死亡离我们非常遥远，自己的死亡不被我们看见，不在自己的一生中。而这也是作家要关注的。谈到死亡就要谈到永恒，一个作家如果不关注死亡，那么他关注的就是今生的忙碌，今生的操劳，从生到死这段现实的生存。所以在这本书中我把更多的笔墨和更多的情感用在了对死亡的书写上。当一个人的生命迹象在我们用常规的眼光判断他已经离世的时候，其实那个死亡留给他个人的世界是无限大的。那个结束只是另外一种形态的开始，这种开始不是佛教所谓的“转世”，而是生命带着无限的留恋，带着现世的余温，甚至世人对他的呼唤、念想在朝前走。死亡如花盛开，如生漫长，这是我在用自己的方式解读死亡、理解死亡，也呈现死亡。

学生 4：您在讲座中提到了“悲悯”，由此我觉得您特别像俄罗斯作家托尔斯泰和陀思妥耶夫斯基，他们也是在恶劣的自然环境中成长的。请问新疆的自然环境对您的精神成长有什么影响？

刘亮程：我觉得新疆跟绝大部分省份不一样。首先是地理和自然不一样，那个地方有干燥的空气，漫长的西北风，有遥远的地平线，还有天苍苍野茫茫的景致，有无边无际的戈壁滩沙漠，当然也有一样辽阔的绿洲田野。在这样的环境中，人会自然而然地感觉到一种更为巨大的存在，不是城市，不是社会，也不是政治。你会感到在那样的环境中人小如尘土，随便都可以飘落到哪里去，但人的心灵空间又是如此之大。人可以感知到这样的大。

在历史上，新疆之大，也壮阔了许多诗人的胸怀。岑参就是这样一个诗人，他在新疆待过三年时间，只做了判官这个职务，相当于文书。他去新疆前是唐朝的普通诗人，在新疆写了数十首边塞诗名震大唐。新疆给了他轮台九月风夜吼，一川碎石大如斗。给了他天高地阔，超出大唐的心灵空间。

我也写了许多自然之物，我们村庄每家都养羊、猪，还有驴、马等。人走到路上，听见整个村庄的声音就是鸡鸣狗吠、马嘶驴鸣。这也促使我在写作的时候会首先想到这些动物，也就写出了一个万物共存的世界。《一个人的村庄》写的大部分是动物、植物、风和天空这些天地间的事物。这就是新疆特殊的自然环境给这本书营造的不同于内地的自然风景，正是这样的风景给我的心灵营造了一种更大的心灵环境。

学生5：刘老师您好，听您讲话，感觉您正在创作一篇散文或者诗歌，您这种语言习惯是多年的写作养成的吗？

刘亮程：我像你这么大的时候都羞于说话，也没有说话的机会，都是大人在说话，后来工作的时候都是领导在说话（笑），所以就很不会说话，不知道该如何跟人说话。我觉得自言自语是一种最好的说话方式，《一个人的村庄》这本书就是一个人自言自语，旁若无人，旁若无天，旁若无地。一个人在荒芜之地对着空气就把一本书说完了。

自言自语是最本真的文学表达，他言说的时候，不会想象对面有耳朵在听，他只会自己在说，自己在听。有记者问我在写作的时候会不会假设潜在的读者，我说不会。因为我不知道谁在读我的书。即使我知道我也不会为谁去写一本书。这就是一个作家的清高，一个作家的孤傲。当一个作家清高孤傲的时候，他对读者才是尊重的。因为他为自己高贵的心灵写作，他自言自语，说给自己听的语言，才会说到别人心里。

学生6：《一个人的村庄》中有很多对人生、天地的终极思考，比如说，人踩起的尘土落在牲口身上，牲口踩起的尘土也落在人身上，您还设想过荒野上有一株叫刘亮程的草，还说有一天躺在草坪上然后被虫子给咬了，进而设想自己是不是一只大一点的虫子，而大一点的生物有没有想着把自己从身上拂去或者拍死……是什么触发了您的奇思妙想呢？

刘亮程：这是我所有文字中贯穿始末的人与万物同在的主题。当你站在人的角度，以人的眼光和观念去看这个世界的时候，它仅仅是一个“人”的眼界。但是作为人，有能力站在苍蝇的角度去想想这个世界，我们也有这种能力去站在一棵草的角度，去感受这个秋天。

《一个人的村庄》只是提供了无数的视角，它主要还不是人的眼光，它是一个人在人世间的“走神”，走到动物、尘土那里去了，走到世间的万物里去了。当我在写一只虫子的时候，我瞬间站在了虫子身边说话。写一头驴的时候，我觉得自己在替驴说话而不是替人在说。假如这个世界上仅仅只有人的眼光，只有人对世界的看法，这个世界就太孤单了。世界如此丰富，只有人在看、在想。

学生7：刘老师您好！在《今生今世的证据》中，人的存在痕迹是不断被消磨的，请问您相信人的存在吗？您在《捎话》最后也写道：“有些话注定要穿过嘈杂今生，捎给自己不知道的来世。”如果您能给来世“捎话”，您会说些什么？

刘亮程：我当然愿意相信有来世。那个来世可能不是佛教的六道轮回，也不是基督教的天堂、地狱，它是我们留在世间的无限的念想，或者是那一丝灵魂的余温。

《今生今世的证据》选入语文教材我觉得是一个意外。这篇文章在完整版《一个人的村庄》最后一辑，也是对全本书的一个回顾总结，它提到的好多意象：木头、柴火、院门、土墙等，都在散文集前面作为单独的文章写过。

这篇文章写一个人离开家乡，多年后回来，看到早年生活的那个家园已经破败不堪，到处是残墙废址，他开始反思生活和生命的意义。难道我在村庄度过的那么多年，最后都变成废墟了吗？生命需不需要证明，需不需要有证据来证明我们曾经的生活还有价值和意义？这篇文章就是在这样的追问中完成的。尽管一直到文章的结尾，我也没给生活或生命找到更为可靠的证据，但是我想让大家知道：生活是一点点被我们遗忘再一点点想起来的，在这样的遗忘和回想中，生活或生命留给我们的这些念想，本身就是生命的证据。不仅仅是那些正在消失的土墙、木头、铁钉，也不仅仅是在村庄留下的那段岁月和故事，它有一种更为悠长的念想留在我们心中。这篇文章的最后一句，我到现在想起来也不知道写得对不对：“当家园废失，我知道所有回家的脚步都已踏踏实实地迈上了虚无之途。”其实我现在觉得“虚无”这个词或许不太合适，但是它可以解读为脱离物质层面的一种心灵状态，解读为家园荒芜但是内心对家园的怀念。对家园的情感，是岁月留给我们看似虚无但又非常踏实的一种生命存在。

2019.2

于南京师范大学附属中学